KB167087

백산상회

안희제

양 경 화 지음

독립운동 비밀자금
주식회사

1. 아름다운 설뫼마을

봄이 왔다. 진분홍색 옷으로 갈아입은 산이 목청껏 봄을 알렸다. 방에서 윷놀이를 하며 추위를 피했던 사람들은 산으로 들로 나갔다. 봄맞이 시작은 화전놀이였다. 동그랗고 하얀 반죽 위로 분홍색 진달래를 올린 화전을 먹으면 사람들 마음에도 어느새 꽃이 피었다.

서당에 앉은 희제는 공부에 열심이었다. 이 년 전 할아버지는 책을 덮으며 말했다.

"큰 인물이 될 놈이야. 겨우 일곱 살인데 나는 더 이상 가르칠 게 없구나. 이제 고신재로 가서 제대로 배워보렴."

고신재는 산 위에 있는 서당이었다. 마을 뒤로 유달리 가파른 장백산이 우뚝 서 있었다. 그래서 마을 이름도 설뫼였다.

서당 가는 길은 힘들었다. 허리를 숙이고 암벽타기라도 하는 각오로 산을 탔다. 어머니는 마른 몸으로 매일 아침 산을 오르는 희제가 안쓰러워 아침마다 손을 꼭 잡고 데려다주었다.

"희제야. 억지로 하는 건 좋지 않단다. 힘들면 힘들다고, 싫으면 싫다고 말하렴."

희제는 싱긋 웃었다. 어머니가 이 말을 하기까지 얼마나 많은 생각을 했을지 알기 때문이었다.

마을에서 고소한 호박전과 파전 냄새, 흥겨운 풍악 소리가 올라왔다.

"희제야, 마을 잔치에 가지 않을 거야?"

봄에는 화전놀이 다음으로 씨름판이 벌어졌다. 씨름에서 이긴 남자는 농사를 잘 짓는다 하여 인기가 좋았다. 머슴은 새경도 더 많이 받았다. 모두 그해 농사를 준비하는 중요한 행사였다.

"갔다 와. 난 여기 남을래."

친구들이 침을 꼴깍 삼키며 잡아끌었지만 희제는 아랑곳하지 않았다.

어느덧 여름이 왔다. 말간 연둣빛으로 반짝이던 나뭇잎이 어느새 짙은 초록으로 시원한 그늘을 만들었다.

"희제야, 호미씻기가 시작되었어. 이번에도 안 갈 거야?"

호미씻기란 고된 김매기를 끝낸 농군들을 위로하는 마을 잔치였다. 우물과 길을 깨끗하게 청소하고 농사가 잘되기를 하늘에 비는 행사였다. 마을 두레에서 고기와 음식을 푸짐하게 내어줘 온 마을 사람들이 마음껏 먹고 마셨다.

희제가 책을 탁 소리 나게 내려놓으며 일어섰다.

"가자. 난 다 함께 나눠 먹는 게 참 좋아."

"와, 신난다. 공붓벌레가 웬일이래? 오늘 고기 실컷 먹 겠네."

신이 난 친구들이 희제의 목을 끌어당겼다. 마을에서 함께 지내지만 사는 형편은 다 달랐다. 요즘 끼니를 다 먹 지 못하고 물로 배를 채우는 친구들이 점점 늘어났다. 마 을잔치는 그래서 꼭 필요했다. 일 년에 한 번이라도 고기 를 든든히 먹으면 추수 때까지 버틸 힘이 솔솔 올라오는 기분에 웃음이 절로 났다. 음식을 나눠주던 아주머니가 희제를 보고는 반갑게 웃었다.

"올해도 문중 어르신 덕분에 고기를 먹는구나."

희제 그릇에 고기를 수북이 담아준 것은 물론이었다. 희제는 덤으로 받은 고기를 아이들에게 나눠주었다. 모처 럼 아이들 얼굴에 생기가 돌았다. 고기 기름으로 번들거 리는 입은 절로 귀에 걸렸다. 아이들 웃음소리가 지나가 는 구름이라도 찌를 듯 쩌렁쩌렁 울렸다.

조선이 세워진 지 벌써 오백 년. 백성을 위하는 강건 한 나라를 만들겠다고 했지만 지금은 위기였다. 청나라와 러시아, 일본과 미국 영국 등 열강들은 조선을 향한 욕심 을 감추지도 않았다. 나라 밖이 이렇듯 아슬아슬한데 나 라 안을 보면 걱정이 더했다. 계속되는 흉년으로 먹을 것 이 없어 굶어 죽는 사람이 날마다 있었다. 그런데도 관리들은 자신들 배만 두드리며 힘없는 사람들을 때리고 못살게 굴었다.

게다가 왕비가 가까이하는 무당이 뒤에서 왕비를 조정하며 나랏일에 관여한다는 이상한 소문까지 돌았다. 김해사람 이유인은 무당에게 뇌물을 바치며 벼슬자리를 구걸했고, 뇌물을 챙긴 무당은 왕비에게 속삭였다.

"마마, 신령님께서 김해사람 이유인이 귀신을 부린다고 하셨습니다. 그자에게 높은 벼슬을 내려주시면 틀림없이 나라에 보탬이 될 것입니다."

왕비는 이유인에게 양주목사 자리를 주었다. 하나를 보면 열을 안다고 이유인은 탐관오리가 되었다. 나라는 나날이 어지러워졌다.

마침내 희제의 친척인 수파 안효제가 더는 참지 못하고 요사스러운 무당의 목을 베라는 상소를 올렸다.

"얘들아, 들었어? 무당을 없애라는 상소 때문에 수파 어르신이 죽을 수도 있대. 다들 걱정이 크시더라."

"상소를 올렸을 뿐인데 벌을 받나?"

아이들이 희제를 둘러싸고 물었다. 수파와 같은 집안인 희제는 아이들보다 아는 것이 많았다. 사람들은 이렇게 중요한 소식을 보부상이 전해주는 소문을 통해 들었다. 사실을 제대로 콕콕 알려주는 뭔가가 필요했다. 평소에 말이 없던 희제가 눈을 초롱초롱 빛내며 수파인 듯 말했다.

"신의 말을 거짓으로 여겨 국문을 여신다면, 신은 마땅히 조목조목 대립하여 비록 형벌을 받아 죽더라도 한이 되지 않겠습니다. 에헴, 어때?"

희제는 소리를 길게 떨며 마지막 말, '죽더라도 한이 되지 않겠습니다.'를 결연한 목소리로 외쳤다.

"와, 멋지다."

함께 공부하는 서당 친구들이 손뼉을 쳤다. 친구들은 학문을 익혀 과거시험을 보고, 백성들을 위하는 좋은 정치를 베풀겠다는 꿈을 꾸고 있었다.

"왕과 왕비가 그 말을 듣고 반성하면 참 좋았을 텐데."

누군가 중얼거렸다.

"상소를 올려도 소용이 없어. 읽지도 않을 거야. 왕과 왕비는 우리한테 관심도 없어."

"아니, 읽어는 보나 봐. 수파 어르신이 제주 추자도로 유배가셨대."

희제가 울분을 담아 외쳤다.

"나는 관직이 싫어. 관직에 올라봐야 백성을 괴롭히느라 바쁘기만 하지. 바른말을 해도 듣지도 않아. 사람들은 굶어 죽는데 정치는 너무 멀리 있어. 백성들은 당장 먹을 쌀이 필요하단 말이야."

희제의 말을 들은 누군가 그 앞에 나섰다. 이웃 마을

우영이었다.

"그러니 우리가 과거에 나가야 해. 관직에 올라 좋은 나라를 만들 만큼 높은 벼슬자리에 오르는 거야. 그러면 태평성대를 만들 수 있을 거야. 관직에 나가야 우리가 꿈꾸는 일을 할 수 있는 힘을 가질 수 있어. 결국에는 공부를 열심히 하라는 뜻이지."

우영은 열심히 공부해서 좋은 관리가 되면 나도 좋고 백성도 좋고 덩달아 나라도 좋다고 말했다.

아이들은 고개를 끄덕였다.

"높은 관리가 되면 하고 싶은 일도 마음대로 하고. 무엇보다 부모님도 좋아하겠지. 행차라도 나서면 보기는 또 얼마나 좋을까."

그때 희제가 나직하게 말했다.

"그깟 관직은 중요하지 않아. 중요한 것은 자기 힘으로 살아가는 힘이야. 스스로 사는 자력의 삶이 중요해. 나는 과거보다 상업을 배워야 한다고 생각해. 낡은 공부는 이제 그만. 백성이 다 굶어 죽는 판에 혼자서 수염 문지르며 에헴, 이리 오너라 소리치면, 누가 오겠어?"

어렴풋하지만 희제의 생각은 한 방향을 찾아 뻗어가고 있었다. 희제 마음에서 벼슬이 멀어진 것은 분명했다.

설뫼 마을은 산이 오다가 멈추고 물이 감싸 안은 곳이라 큰 인물이 날 곳이라는 말이 전해져 오고 있었다. 그

큰 인물은 영웅일 수도, 역적일 수도 있다고 했다. 희제는
고려 말 이름난 학자인 '안향'과 임진왜란 의병장 '안기종'
의 후손이었다.

　희제가 열 살이 되던 1894년 나라에 큰일이 일어났다.
동학혁명과 청일전쟁.

　동학혁명은 탐관오리 고부 군수 조병갑 때문에 시작되
었다. 조병갑은 백성들을 괴롭히는데 온 머리를 굴렸다.
세금을 안 받겠다고 해서, 백성들이 죽기살기로 땅을 개
간하고 농사를 지으면 뻔뻔하게도 가을에 세금을 걷었다.
지나가는 사람 아무나 잡아서 불효를 했느니, 음란한 짓
을 했느니, 노름을 했느니, 없는 죄를 만들어 재산을 강제
로 빼앗았다. 게다가 아무런 덕도 없는 자기 아버지 공덕
비를 세운다고 강제로 거둔 돈이 1,000여 냥이었다. 그 외
에도 이런저런 나쁜 짓을 끝도 없이 했다. 생활이 얼마나
가혹했던지 앉아서는 굶어 죽고, 잡혀가면 맞아 죽었다.
이렇게도 죽고 저렇게도 죽어 지금은 걸어 다니는 몸뚱이
도 내일이면 시체일 뿐이라고 했다.

　마침내 농민들이 일어났다. 조병갑의 만행을 고발하는
처절한 몸짓이었다. 농민들은 처음엔 요구조건을 말하고
는 바로 해산했다. 하지만 왕과 관리들의 생각은 달랐다.
조선 팔도에는 조병갑과 똑같은 관리들이 지천에 널려있

었고, 농민들이 또 일어날까 무서웠다. 그들은 군사를 보내 자신의 백성인 농민들을 잡아들였다. 결국 동학혁명은 전국으로 퍼져나갔다.

농민군이 무서운 기세로 승기를 잡자 당황한 조정은 청나라에 구원 요청을 했다. 청나라는 조선에 군대를 보냈고, 일본은 이를 트집 잡아 더 많은 군대를 조선에 보냈다. 조선의 땅에서 외국 군대인 청나라와 일본군이 전쟁을 벌인 것이다. 모든 피해는 힘없는 백성들이 입었다.

나라가 위기에 몰리자 고종은 그동안 외면했던 지사들을 불렀다. 수파도 사면되어 홍문관 수찬에 임명되었다. 이것을 본 희제는 생각에 빠져들었다.

"왜 조선에서 청나라와 일본이 전쟁을 할까? 작은 나라인 줄만 알았던 일본이 어떻게 청나라와 싸울 생각을 할까? 아니 무엇보다 어떻게 조선을 두고 청나라와 일본이 싸움을 한단 말인가?"

희제의 질문은 끝이 없었다.

대국인 줄 알았던 청나라는 일본에 졌다. 영국과 러시아 등이 중재를 하겠다며 나섰지만, 일본은 미국과 손잡았다. 일본이 승전 대가로 챙긴 것은 어마어마했다. 거액의 돈과 중국의 영토인 랴오둥반도, 타이완, 펑후섬을 받았다. 자신감이 생긴 일본은 대륙 진출을 선언했다. 이것을 가만 보고만 있을 나라는 세상에 없었다. 러시아는 프

랑스와 독일을 끌어들였다. 3국의 간섭을 받은 일본은 일단 뒤로 물러났지만 조선을 둘러싼 정세는 부글부글 끓고 있었다.

"조선이 이렇게 휘둘리다니. 이게 다 힘이 없어서 벌어진 일이야. 자기 나라, 자기 집을 지킬 수 있는 힘이 있어야 해."

희제의 말에 친구들이 힘없이 말했다.

"그걸 누가 모르나. 그럴 수가 없으니 문제지. 우리 같은 힘없는 백성은 때리면 맞을 수밖에 없어."

"그건 아니야, 때린다고 맞고만 있으면 안 돼."

"나도 맞기 싫다고. 그치만 힘이 없는걸. 때리면 맞아야지."

얼마나 굶었는지 아이들 얼굴은 누렇게 떠 있었다. 희제는 자기도 모르게 마른버짐이 핀 친구의 얼굴에 손을 가져갔다. 고운 손이 더 곱게 보였다. 희제는 뒤로 돌아 주먹을 쥐었다.

"그래, 자력이야. 내 가족 내 나라를 지키는 것은 바로 나야 나."

2. 열아홉 서당꾼, 친구를 모으다

희제는 일곱 살 때부터 고산재에서 공부했다. 훈장님은 먼 친척뻘인 서강 안익제였다. 서강은 유교 경전을 외우고 또 외우게 했다.

"책 속에 진리가 있느니라. 읽고 또 읽다 보면 어느 날 공자님의 말씀을 깨닫게 될 것이다."

희제는 공부를 잘했고 할아버지를 비롯해 어른들은 당연히 큰 기대를 했다. 하지만 희제는 나라를 둘러싼 정세는 시시각각 변하는데, 그 옛날 공자 왈 맹자 왈 외우기만 하는 공부가 쓸모없게 느껴졌다.

굶어 죽는 자가 도처에 있었다. 낮에는 아전들이, 밤에는 산적들이 재물을 빼앗았다. 평범한 사람도 가만히 앉아 뺏길 것이냐 도적이 되어 뺏으러 다닐 것이냐 선택을 해야 했다.

"아, 저건 둘 다 죽음으로 가는 길이다. 농민으로 남아도, 도적이 되어도 결과는 똑같아."

희제는 주위를 둘러보며 한숨을 쉬었다. 언제부턴가 함께 공부하던 친구들이 하나둘 나오지 않았다. 당장 먹고 살기 힘든 형편에 공부는 뒷전이 되어버린 것이었다.

희제는 할아버지에게 물었다.

"할아버지, 서당에 나오지 못하는 친구들이 날마다 늘어갑니다. 어떻게 해야 이 나라가 다시 자력으로 살 수 있을까요?"

할아버지 대답은 희제가 이미 예상했던 것이었다.

"안타까운 일이구나. 하지만 아무리 힘들어도 공부를 놓아서는 안 된다. 공부를 해야만 미래가 오는 것이다."

"그걸 몰라서 그만둘까요? 세상에는 알아도 어쩔 수 없는 일이 너무 많습니다. 공부도 할 상황이 되어야 하는 겁니다."

할아버지는 단호했다.

"아무리 그래도 이겨내야 한다. 그래야 좋은 날이 오는 게다."

희제가 어렵게 말을 꺼냈다.

"마지막 한 줌 힘도 살아남는 데 써야 할 처지면요? 우리 고방에는 쌀이 조금 있습니다. 어려운 사람들과 나누어 먹으면 어떨까요?"

"사람을 아끼는 그 마음이 참으로 기특하구나. 하지만 곰곰이 생각해 보거라. 어디까지 얼마만큼 나누어 줘야 할까? 누구는 주고 누구는 안 준다면 그것은 어찌 감당하려느냐. 그 후에는? 나중에 우리까지 굶게 되면 주었던 것을 돌려달라고 할 것이냐? 능력도 대책도 없이 함부로 나서지 말라. 가난은 나라님도 어쩌지 못하는 거라고 했다."

할아버지는 집안 전체를 책임지는 어른이었다. 생각은 길고 깊었다.

"할아버지 말씀이 틀린 것은 아니지만, 그렇다고 완전히 옳은 것도 아니에요. 걱정만 하다가 친구들이 굶어 죽고 이 세상에 나 혼자 남으면, 다 소용없어요."

희제는 조용히 물러나며 주먹을 쥐었다.

"내가 조선의 백성을 다 구할 수는 없지만, 내 친구가 굶어 죽는 것을 보고만 있을 수는 없어."

희제는 안방으로 가서 어머니의 바늘과 실을 꺼내 들었다. 아직 어린 동생들이 호기심 어린 눈으로 보았다.

"형님아, 남자가 붓을 잡아야지 바늘이랑 실을 잡아서 뭐 하려고? 할아버지 아시면 야단치신다."

동생이 머리를 긁으며 능청스레 말했다.

"보고 있어. 중요한 일이야."

큰형을 믿고 따르는 동생들이었다. 동제와 국제는 얼굴부터 들이밀며 안절부절못했다.

"형님아, 남자가 바늘을 잡으면 큰일 난다더라."

"다 사람이지, 남자 여자가 어디 있나? 이건 꼭 해야 할 일이다."

희제는 네모난 주머니를 만들 생각이었다. 처음 잡아 보는 바늘이라 생각대로 만들어지지 않았다.

"아야."

"피다, 피."

붉은 피가 하얀 무명천에 똑 떨어지더니 천천히 퍼졌다. 국제와 동제는 놀라 딸꾹질을 했다.

"형님아, 그냥 어머니나 행랑어멈한테 부탁하자."

"괜찮다. 나중에 어머니나 행랑어멈이 곤란해질 수도 있어. 아예 모르는 게 좋아."

비뚤배뚤 서툰 손놀림이었지만 결국 주머니를 완성했다. 마침내 만들어진 주머니를 보며 희제가 씩 웃었다. 동생들은 무엇인지도 모르면서 존경의 눈으로 형을 바라보았다.

얼마 후 희제 집은 발칵 뒤집혔다. 쌀 한 가마니가 없어진 것이다. 너무도 대담무쌍한 일이라 어른들은 입을 다물지 못했다.

"이것은 집안 사정을 잘 아는 자의 소행이다. 찾아라."

설뫼마을에 도둑이라니, 있을 수 없는 일이었다. 할아버지는 큰 어른답게 베풀고 살아 인심을 잃지는 않았다. 그래서 빌리러 왔으면 왔지, 훔치러 오는 일은 없었다.

일이 커지자 희제가 앞으로 나갔다.

"할아버지, 아버지. 제가 그랬습니다."

할아버지의 하얀 수염이 바르르 떨렸다. 아버지가 희제와 할아버지 사이에 끼어들었다.

"어허, 나서지 말래도. 어린 네가 그 무거운 쌀을 어떻게 옮긴단 말이냐. 말도 안 되는 소리."

그러나 할아버지는 달랐다. 화를 내기보다 그간의 이유를 먼저 물었다.

"그랬더냐? 어린 네가 무거워서 들지도 못했을 터인데, 어찌 된 일인지 설명을 해봐라."

희제가 며칠 전 만든 주머니를 꺼냈다. 피와 때로 얼룩진 주머니였다.

"서당 친구들에게 공부를 그만두지 말라고 설득하러 갔었습니다. 직접 만나 보니 공부는커녕 앉을 힘도 없이 누워있었습니다. 얼마나 굶었는지 온 식구가 대낮에도 자리 깔고 누워 숨만 내쉬는 모습에 그만 마음이 아파 조금씩 퍼주다 보니 어느새 한 가마니가 되어버렸습니다. 그래도 집집마다 식구 수를 따져 공평하게 나눠주었습니다. 누구는 많이 주고 누구는 적게 주지 않았습니다."

희제가 바닥에 머리를 조아리자 할아버지가 희제의 손을 잡았다.

"큰 뜻을 품고 부끄럼 없이 한 일이라면 됐다. 뜻을 굽히지 말거라."

엄하기만 했던 할아버지였다. 할아버지는 희제의 등을 따뜻하게 토닥여주었다.

12월이 되자 사면되어 홍문관 수찬에 임명되었던 수파

안효제가 경북 흥해 고을 군수로 부임했다. 흥해 고을은 극심한 기근으로 민심이 흉흉하였다. 게다가 탐관오리들이 진휼미를 사사로이 팔아 축재를 하고 있었다. 이를 안 수파는 당장 감사에게 달려갔다.

"이 쌀은 나라에서 백성들을 위해 내린 것이다. 정작 백성은 쌀 한 톨을 먹지 못하고 굶주리고 있는데 사사로이 팔아 이익을 취하는 것은 옳지 못하다. 당장 쌀을 내놓아라."

수파는 결국 쌀 200섬을 되찾았고 그 덕으로 고을 백성들은 당장의 굶주림을 면했다. 하지만 수파가 관직에 계속 있기는 어려웠다. 탐관오리들은 서로서로 상대의 허물을 덮어주며 백성들을 착취하는 것을 도왔는데, 수파는 동료들에게 미운털이 박힌 것이다. 군수 자리에 계속 앉아있기 힘들었다. 결국 다시 벼슬에 나간 지 채 1년도 안 돼 고향으로 내려오게 되었다. 〈수파〉라는 호는 언덕을 지킨다는 뜻인데, 벼슬하지 않고 동쪽 산등성이를 지킨다는 고사에서 따온 것이었다.

고향으로 돌아온 수파는 〈율리재〉를 지어 스스로 학문을 닦고 후학의 교육을 시작했다. 희제는 굶고 있는 백성들을 위해서 탐관오리를 혼내준 수파가 멋지다고 생각했다. 현명하고 큰 어른이었다. 한학뿐 아니라 신학문에도 능했고 동학사상에도 조예가 깊었다.

많은 젊은이가 율리재로 모였다. 사람들은 서당에 공부하러 온 학생들을 〈서당꾼〉이라 불렀다. 수파는 서당꾼들에게 서재를 개방해 직접 책을 골라서 읽게 했다. 저녁이면 한자리에 모인 서당꾼들이 공부와 정치, 세상에 대해 열띤 토론을 벌였다.

수파 안효제와 백산 안희제는 서로를 알아보았다. 희제는 율리재에서 서당꾼이 되어 친구들과 함께하는 시간이 즐거웠다. 힘을 다해 참여했고 영남의 많은 젊은이와 교류를 가졌다.

3. 서울에서 신학문을

과거시험이 없어졌다. 유생들이 글솜씨를 겨룰 기회도
덩달아 없어졌다. 이에 의령 군수는 사월 초파일에 백일장
을 열었다. 말이 군민 백일장이지 합천 함양 거창 남원 등
에서 쟁쟁한 선비들이 모여들었기에 영호남 백일장이나
마찬가지였다. 전통 있는 서당이 많았던 지역이라 모인 유
생들도 쟁쟁했다. 희제는 상을 타는 것에는 관심이 없었지
만, 실력을 보여주고 싶었다.

마침내 백일장이 열렸다. 날은 좋고 사람들 표정도 환
했다. 그동안 다들 어디에 있었는지 갓 쓰고 도포 입은 선
비들이 곳곳에 보였다. 아직 머리를 올리지 않은 총각도
있었고 평생 공부만 한 듯 나이 지긋한 백면유생도 보였
다. 환한 대낮에 깨끗하게 손질한 흰옷 입은 사람들이 한
자리에 모이자 사방이 밝게 빛났다.

희제가 장원이었다. 할아버지와 아버지는 무척 기뻐했다.

"장하구나."

희제는 조심스레 말을 꺼냈다. 백일장에 참석한 이유
가 따로 있었기 때문이었다.

"할아버지, 한문으로 시를 잘 지어서 받은 상은 그렇게

기쁘지 않습니다."

"그럼 무엇을 해야 기쁘단 말이냐?"

할아버지도 짐작한 바가 있는지 자세를 바로잡았다.

"서양에서 신학문이 들어오고 있습니다. 수학, 과학, 경제, 음악, 미술. 저는 그런 신학문을 하고 싶습니다."

할아버지는 이미 짐작을 하고 있었는지 말이 없었다. 하지만 아버지는 달랐다. 이런 시국에 신학문을 한다는 것은 고향을 떠나 고생길에 들겠다는 말로 들렸다.

"그 길을 꼭 가야 하겠느냐?"

"네 아버지. 우리 가문은 나라가 어려울 때마다 외면하지 않고 있는 힘을 모두 보탰습니다. 나라를 위해 할 일이 있다고 생각합니다."

아버지는 말이 없었다.

"우선 여행을 떠나볼까 합니다. 이제껏 고향에만 있어 우리나라가 어떤 모양인지 제대로 알지 못합니다."

할아버지와 아버지는 계속 말이 없었다.

열아홉이었다. 희제는 나이가 비슷한 또래들과 함께 지리산과 섬진강 일대를 다녔다. 의령, 합천, 삼가, 진주, 하동 등에서 모인 친구들이었다. 이때 지은 한시 32편을 〈남유일록〉이라는 문집에 싣기도 했다. 잘 모르는 사람들은 젊은이들이 한가롭게 유람을 다니는 줄 알았지만 희제의 목적은 따로 있었다. 큰일을 하기 위해서 많은 사람들을 알고 싶었다. 누가 어떤 일을 잘하는지와 더불어 그 사람이 어떤 성정을 지녔는지 알아야 했다. 사람이 모두 똑같지 않기 때문이었다. 일을 하는 방법도 다 제각각이었다. 농사를 짓는 농민이 중한 만큼, 물고기를 잡는 어부도 있어야 하며 산에 사는 사냥꾼도 알아야 했다. 정치를 하는 관료가 있다면 경제를 아는 무역상도 당연히 필요하며 이 모든 것들이 톱니바퀴처럼 돌아갈 때 비로소 세상이 잘 돌아갈 터였다. 희제는 이때 벌써 일을 하려면 사람이 가장 중요하며, 그러기 위해서는 교육과 상업이 필요하다는 것을 알았다.

1905년 을사늑약 체결로 나라를 잃었다. 분하고 억울한 마음이 조선팔도를 꽉 채웠다. 수파는 을사늑약이 체결되자 동생 송은 안창제와 서울로 올라가 매국노의 목을 베라는 상소를 올렸다.

"저도 함께하겠습니다."

희제의 간절한 마음을 수파가 거절했다.

"나는 일본 왕이 주겠다는 작위를 거절한 일과 다른 일로 이미 일본의 감시를 받고 있다. 굳이 나와 함께 움직여 일본의 감시를 자청해서 받을 필요는 없구나. 너는 너의 일을 조용히 빈틈없이 준비하도록 해라."

희제는 그 길로 할아버지에게 갔다.

"할아버지, 나라가 망했습니다. 산에 틀어박혀 글만 읽고 실행하지 않으면 배우지 아니함만 못합니다. 서울로 가겠습니다. 가서 시대에 맞는 공부를 하겠습니다."

할아버지는 눈을 감고 생각에 잠겼다.

"너의 말이 옳다. 하지만 나랏일이 어떻게 되어갈지 자세히 살펴본 후에 결정해도 늦지 않다."

희제는 할아버지의 조심스러운 결정을 따르고 싶지 않았다. 그날 밤 당장 짐을 꾸려 서울로 올라갔다. 나라가 위태로운 줄타기를 하는데 손 놓고 있을 수는 없었다. 희제가 사라진 것을 알고 할아버지와 아버지가 부랴부랴 서울로 따라왔다.

"여태 말썽 한번 부리지 않고 착하게 공부만 하던 네가 어찌 된 일이냐?"

희제가 씩 웃었다.

"여태까지는 나라가 있었으니까요."

희제는 자신의 뜻대로 민영환이 세운 흥화학교에서 신학문의 기초를 배운 다음 보성전문학교에 입학했다. 넓은 운동장이 있는 학교는 어서 오라는 듯 교문이 활짝 열려 있었다.

"나리도 참, 조선 팔도 전부는 아니라도, 영남에서 나리 글재주 모르는 사람 없는데. 신학문을 왜 또 배우려고 한대요?"

희제는 말없이 빙그레 웃었다. 창이가 손으로 제 머리

를 탁 치더니 넉살 좋게 말을 이었다.

"백일장 장원은 아무나 하나요? 나리 글재주야 이미 소문이 쫙르르 한데, 신학문은 뭐고, 경제과는 또 뭐래요? 지는요, 공자 맹자 장자는 들어봤어도, 경제과는 첨 들어봅니다요."

창이가 투덜거렸다. 창이는 이런저런 허드렛일을 위해 고향에서 따라 올라온 아이다. 요즘 제법 거뭇거뭇 수염이 난다 싶은데, 울긋불긋 올라온 여드름이 가려운지 얼굴을 쓱 문질렀다.

"이놈 참. 조선에 인재가 얼마나 많은지 모르는구나."

"나리가 이상해서 그럽니다. 가만있어도 한자리할 분이 뭔 사서 고생이래요."

"그놈 참, 우리는 오직 우리 힘으로 살아야 한다. 그러려면 경제가 아주 중요한 게다."

말랐지만 귀티가 흐르는 희제는 날카로운 눈으로 운동장 너머 학교를 보았다. 개교한 지 이년이 채 안 된 학교라 정돈된 느낌보다는 생기가 넘쳤다. 희제는 설렘과 기대를 느꼈다.

"어어어, 거기 공."

갑자기 둥근 공이 툭 굴러왔다. 바로 뒤를 건장한 남자가 사력을 다해 쫓아오고 있었다.

"아이고 나리. 위험합니다요."

창이가 공 앞을 가로막았다. 희제가 얼른 그사이를 비집고 나가 공을 뻥 찼다. 희제를 보호하려던 창이가 어이없다는 눈으로 멀어지는 공을 보았다.

"골탕 먹이려고 일부러 멀리 찼지? 백산."

공을 따라 뛰어오던 남자가 단단한 팔로 희제의 목을 감았다.

'저 짧고 굵은 목 좀 보소. 우락부락한 얼굴은 또 어쩌고. 관상으로 보자니 영락없는 산적 두목이구만.'

창이가 남자를 슬쩍 보고는 중얼거렸다.

"하하하, 그럴 리가."

희제도 웃으며 와락 안았다. 흥화학교에서 같이 공부했던 성재 권오봉이었다.

"이제부터 보성전문에 다니기로 했다며? 이 형님이 기다리고 있었지."

권오봉이 걸걸하지만 유쾌한 목소리로 말했다.

"김규식 선생님과는 작별인사를 했는데, 이중화 선생님은 만나지 못했네."

"가서 만나면 되지, 뭐가 걱정인가. 설마 다시는 안 볼 생각이었나?"

오봉은 반갑게 몇 마디 하더니 그걸로 끝이었다. 공을 차러 운동장으로 뛰어 들어갔다. 운동장에는 공을 쫓아다니는 한 무리의 남자들로 열기가 넘쳤다.

"아이고 양반들이 체통 머리 없이 뛰어다니다니, 쯧쯧쯧."

"운동이 힘들다고 부리는 종에게 대신 시킨다는 소문이 있던데. 창이 너도 나 대신 한번 뛸래?"

희제를 흘깃 본 창이가 뾰로통하게 대답했다.

"나리가 농담을 다 하시고. 학교 물이 좋긴 좋은가 봅니다."

그렇게 말해도 공을 따라다니는 창이의 눈은 반짝반짝 빛나고 있었다."

"창이 눈에도 그리 보인단 말이지. 자, 그럼 우리도 들어가 볼까?"

4. 보부상 교장, 러시아에서 발이 묶이다

보성학교 이용익 교장은 왕실과 친분이 깊었다.

어느 날 친구들이 희제의 숙소로 찾아왔다.

"이용익 선생은 러시아에서 뭘 하기에 조선으로 돌아오지 못하고 러시아를 떠돌고 있지?"

교장은 황제의 명을 받고 외교로 일본을 물리치겠다는 실낱같은 희망을 품고 러시아를 들쑤시고 있었다.

"황제의 명을 받아 을사늑약의 부당성을 알리려고 프랑스와 러시아를 돌아다녔다는군. 지금은 블라디보스토크에서 돌아오지 못하고 있는 모양일세. 그저 독립과 중립을 외치고 있다는데, 그게 말만으로 될 일일까? 난 안 된다고 봐."

보성전문학교는 황실의 지원금을 받아 운영했다. 그러나 을사늑약 체결로 황실 재산이 일본에 강제로 뺏기고 따라서 지원도 끊어졌다.

"교장이 바뀌었다는 소식은 들었지. 병아리 교장이 어떻게 풀어나갈지 기대가 되네."

병아리 교장이란 창립자인 이용익 선생이 러시아에서 돌아오지 못하자, 대를 이어 교장의 자리에 오른 손자 이종호를 말했다. 그는 19살이었다.

"왜놈의 힘이 학교를 덮고 있어. 학교가 엉망인데 왜놈들은 옳다구나, 뒷덜미부터 움켜쥐고 놓지 않으니."

나이 많은 학생이지만 뛰어난 실력으로 사람들 입에 오르내리는 남형우가 소리쳤다. 김기수도 거들었다.

"이종호 교장은 당장 급하다고 왜의 자본을 끌어들였어. 목마르다고 바닷물을 마시는 것과 같은 일이지. 참으로 어리석은 일이야."

희제 역시 고개를 끄덕였다.

"이게 다 힘이 없어서 벌어지는 일이라네. 알아도 어쩔 수 없었을 게야. 가만 앉아서 당할 수밖에."

희제는 일본의 속셈을 이미 파악하고 있었다.

모두 돌아간 후 창이가 슬그머니 물었다.

"나리, 잘난 보부상 하나가 양반 천 명의 뺨을 때린다던데 이게 뭔 말입니까?"

희제는 타고난 교육자였다. 평소 말이 없었지만, 모르는 것을 물어오면 그게 누구라도 친절하게 설명을 해줬다.

"창립자인 이용익 선생은 본디 말 장수니 마의였다느니 보부상이었느니 말이 많아. 확실한 것은 금광을 개발해서 큰돈을 벌었고 홍삼 판매를 나라에서 하게 해서 개성상인들의 이윤을 빼앗았지. 그래서 원망도 들었지. 흉년에는 멀리 베트남까지 가서 구해온 안남미로 굶주린 백성들 주린 배를 채워줬다만 자기 배는 더 채웠다고 하고. 임금의 총애를 일본에 대항하기 위해 썼지만, 자기 자신을 위해서도 썼다고 한다. 이것은 한미한 가문 출신이 높은 자리에 오른 것을 보기 싫어하는 자들이 내는 말일 수도 있다. 허나 전혀 없는 말도 아니니 관직에 오른 자가 조심해야 할 언행을 보여주는 좋은 본보기라 할 수 있다."

창이가 슬그머니 고개를 들었다.

"그럼 학교는 왜 세웠대요?"

"이용익 공이 일본에 머무를 때, 교육과 출판의 중요성을 깨달았기 때문이겠지. 조선으로 돌아올 때 인쇄기를 가져올 정도니 얼마나 중요하게 생각했는지 알겠느냐."

창이가 갑자기 고개를 푹 숙이며 낮은 소리로 물었다.

"나리, 저 같은 미천한 놈도 공부를 할 수 있을까요?"

희제는 창이에게 싱긋 웃었다.

"학문이라는 문은 말이다, 사람을 가려서 열리고 닫히지 않는다. 누구에게나 열려있는 문이란다."

"예, 나리."

창이도 싱긋 웃었다.

다음 날 운동장 큰 나무 아래로 최병찬, 서상일, 남형우, 신백우, 신성모, 이각종, 신상태 등 학생들이 하나둘 모였다.

희제가 먼저 말했다.

"무엇보다 자력이야. 당장 힘이 없다고 외세를 끌어들이면 결국에는 망해. 황실 후원금이 끊겼다고 왜놈을 끌어들이면, 틀림없이 감당하지 못할 일이 벌어질 거야."

김기수가 물었다.

"교사 월급이 30원인데 한 해 황실 후원금은 1,200원이었어. 그 큰 차이를 어떻게 메우나? 창립자도 조선으로 돌아오지 못하고 러시아에서 갇힌 거나 마찬가지인데."

너도나도 한 마디씩 내놓았다.

"자력이 중요하다는 것이야 알지만, 당장에 힘이 없으니."

"1대 교장인 신해영 선생께서 말씀하셨어. 진정으로 받들어 높여야 하는 것은 도덕적이고 지적인 용감이니, 의무를 완전히 하고 진리를 드러내고자 하여서 어떠한 곤란을 만난다 할지라도 굽히고 꺾이지 아니하고, 마침내 처음의 뜻을 이룸은 과연 참으로 받들어 높여야 하는 진정한 용감의 기운이니, 사회의 행복과 진보는 이런 부류의 용감한 사람이 져야 할 바가 많은 것이다. 자 어때? 일단 용감해져 보는 거야."

희제의 말이 끝나자 서상일이 껄껄 웃었다.

"그럴듯하지만, 한마디로 말하자면, 아무 대책도 없이 그냥 부딪혀 보자는 말이네."

남형우가 웃으면서 말했다.

"뭐, 어때. 용기를 내자구."

그 말에 희제도 부드럽게 말했다.

"우리의 뜻부터 모으잔 말이었어. 그럼 이제 교장에 대해 토론을 시작해볼까?"

희제의 말에 모두 머리를 모았다.

"어쩌면 첩자가 있을지도 모르니까 교장을 병아리라 부르자. 어떤가, 친구들?"

"응? 병아리보다 하룻강아지가 더 어울리는데."

"어이어이, 누가 들어도 알아먹겠다. 그건 암호가 아니지."

"그럼 꿩은? 꿩은 말이야 앞에 모이가 있으면 뒷일 따위 생각도 하지 않고 덥석 먹어버리거든."

"좋아. 그럼 꿩 사건을 널리 알려볼까나."

"근데, 어떻게?"

이말 저말 온갖 말이 쏟아져 나왔다. 처음 겪는 일이었다. 여태 나라에 일이 생기면 상소문을 올리거나 서원을 통해 움직였다. 상소를 올려도 읽는지 안 읽는지도 몰랐고, 읽는다고 해도 언제 답이 올지 모르는 일이었다. 입소문을 내어 민심을 모으는 일도 힘들기는 마찬가지였다.

그때 희제가 무릎을 탁 쳤다.

"친구들, 동지들, 내 얘기 좀 들어봐."

희제가 두 손을 탁탁 치자 조용해졌다. 이용익 선생이

일본에서 들여온 것은 신식 학교만이 아니었다. 학교 안 보성사라는 인쇄소에 인쇄 기계도 있었다.

"그러니 인쇄소에서 교장 배척 운동의 내용을 알리는 전단을 인쇄해서 뿌리는 거야. 하나하나 손으로 쓰는 것보다는 훨씬 효과적이지."

희제의 말에 다들 고개를 갸웃거렸다. 인쇄기계는 정말 귀한 것이었다. 그 귀한 기계로 책이라면 모를까, 전단지를 인쇄하다니.

희제는 말했다.

"아, 아깝지 않아, 아까운 게 아니야. 새 신발 아깝다고 등에 메고 맨발로 종로를 걸어다니는 바보 꼴이라네. 기계는 쓰라고 만들어진 것이야. 그렇게 좋은 걸로 책만 만들면 너무 아깝잖은가. 다들 상상해보라고. 멋지지?"

하지만 인쇄 기계로 전단을 찍지 못했다. 거창하게 시작했던 꿩 몰기 작전도 흐지부지 끝났다. 학교의 제일 큰 문제가 경영에 관한 것이라 교장을 바꾼다고 해결되지 않았다.

"창이야, 계획 없이 용기만 가지고 일을 시작하면 실패하기 쉽구나."

"에이 나리도, 그거야 누구나 다 아는 거 아닙니까."

창이가 씩 웃었다. 희제가 손가락으로 책상을 두드리며 중얼거렸다.

"조선은 자기 힘으로 살아야 한다. 그러기 위해서는 자본과 교육뿐 아니라 언론도 있어야겠구나."

보성학교 친구들과 밤을 새워 토론하고 실천하면서 차곡차곡 쌓아올린 믿음은 희제 평생의 자산이 되었다. 결국 보성학교에서 양정의숙 경제과로 학교를 옮기게 되었지만, 든든한 동지 23명을 얻었다.

5. 교남교육회, 국권회복을 위하여

고종황제를 강제로 퇴위시킨 일본은 조선에서 노골적으로 힘을 과시했다. 칼을 찬 헌병들이 밤낮을 가리지 않고 거리를 돌아다녔다. 순박한 사람들은 칼과 총 앞에서 저도 모르게 움츠러들었다.

양정의숙에 입학한 희제의 관심은 오직 국권회복이었다. 을사늑약으로 외교권을 빼앗긴 조선은 이름뿐인 나라가 되었다. 완전히 잃기 전에 다시 찾아와야 했다. 희제는 친구들과 소모임을 만들고 해결책을 찾기 위해 머리를 맞대고 의논을 했다. 신학문을 통한 근대교육이 시급하다는 쪽으로 생각이 모였다. 갈 곳이 확실하고 길을 찾으니 저절로 부지런한 꿀벌이 되었다. 누가 시키지도 않았는데 일을 나누어 착착 움직였다.

암울한 날이 계속되었다. 하늘은 금방이라도 비가 내릴 듯 얼굴을 찌푸리고 있었지만 정작 비는 내리지 않았다. 사람들은 피곤에 지친 얼굴로 고개를 푹 숙이고 다리를 질질 끌고 다녔다. 온 나라가 감기에라도 걸린 듯 힘이 없었다.

"나리, 손님이 오셨어요. 모처럼 쉬시는데."

창이의 목소리에는 희제를 걱정하는 마음이 그대로 묻어났다. 희제는 모처럼 밀린 책을 읽고 있었다.

"손님을 그리 대하면 쓰나. 어서 모셔라."

창이의 안내로 두 사람이 들어왔다.

"기수 아닌가?"

보성전문학교를 같이 다녔던 김기수였다. 기수는 혼자가 아니었다.

"이분은 안동에서 올라온 일송 김동삼이시네."

안동에서 왔다는 청년의 눈에서 형형한 빛이 났다. 방에서 공부만 하는 사람이 아니었다. 스스로 실천하는 기운이 눈에서 몸에서 뿜어져 나왔다. 순간 희제는 일송의 됨됨이가 궁금해졌다. 고향 의령에서는 그래도 한학으로 제법 공부가 깊다는 말을 들었던 터였다. 슬쩍 떠보려는데 기수가 크게 웃었다.

"백산, 관두게. 여기 일송으로 말하자면 소년 때 이미 사서육경과 제자백가를 섭렵하셨지."

"소년 때 이미 사서오경도 아닌 사서육경과 제가백가를 섭렵했다니 대단하군. 해동공자 앞에서 경 읽는 시늉이라도 하려니, 예끼 이 사람이 그걸 못 하게 막아버리네."

희제가 눈을 찡긋하며 말했다. 몸은 마르고 눈빛은 날카롭지만 알고 보면 장난기가 가득한 눈은 김동삼과 서로

닮은 데가 많았다.

김동삼이 에헴 숨을 고르더니 거침없이 본론을 말했다.

"그것은 다음에 합시다. 내 언제라도 도전을 받아주지. 지금은 급한 용건부터 바로 말하겠소. 조선의 백성들에게는 신학문이 필요하오. 그런데 안동에는 신학문을 배울 곳도 가르칠 곳도 없소. 바로 그 공자님 덕분에 신학문은 거지발싸개 취급만 받고 있지. 안동에 학교를 세울 수 있도록 힘을 보태주시오."

"그걸 왜 굳이 나에게?"

희제가 빙그레 웃으며 물었다.

"누구의 도움이라도 꼭 필요한 곳이 안동이기 때문이오. 그곳은 유림의 영향력이 엄청나서, 신학문은 들어올 틈이 없소. 지금 조선에는 일본 청나라 러시아 등 열강들이 힘을 뽐내고 있는데, 안동은 태조가 창업했던 그 시절 그대로요."

희제는 일송의 시퍼런 눈빛이 마음에 들었다. 손을 내밀었다. 두 손이 허공에서 번개처럼 번뜩이더니 마침내 서로 만났다. 손에서 손으로 서로의 마음이 흘렀다.

때마침 비가 내렸다. 그동안 막혔던 하늘이 뚫리는지 시원하게 내렸다.

"나리, 다과 들어갑니다."

창이가 조용히 문을 열었다.

마침내 안동에도 일곱 개 면의 힘을 모아 만든 〈협동학교〉가 세워졌다. 희제는 안동, 대구, 의령 등 영남지역 인사들과 자주 만나게 되었고 〈교남교육회〉가 설립되었다. 다들 이전부터 이렇게 저렇게 아는 사이였다. 남형우처럼 신민회 활동과 겹치는 친구도 있었고 다른 단체에 속한 이도 있었지만 가장 큰 교집합은 뭐라 해도 양정의숙이었다.

"흠, 정식으로 총회를 엽시다."

희제의 말에 남형우가 물었다.

"일본의 첩자들이 우리 뒤를 캐고 다닌다는데, 은밀하게 하는 것이 어떨까?"

"아닙니다. 그럴수록 몰래 만나면 위험합니다. 밝은 태양 아래서 총회도 열고 회보도 발간하겠습니다."

일본의 감시는 나날이 심해지고 있었다. 그래도 교남교육회 회원들은 늘어났다. 백여 명으로 시작했는데 사백 명에 가까워졌다. 희제는 회칙을 적은 제정 회보를 발간하고 회비도 받았다.

"일본 첩자들 쓸데없이 헛수고하게 하지 말고 우리가 무슨 일을 하는지 당당히 알려줍시다. 궁금해 죽겠는지 자꾸 여기저기 찔러보는 모양입니다."

희제의 농담에 이마에 삐져나온 땀을 닦는 사람도 있었지만 대부분은 호탕하게 웃었다.

"혹시라도 여기 있을지 모를 일본의 앞잡이에게 알려
드립니다. 우리 교남교육회의 활동목적은 교육과 친목입
니다. 교육과 친목, 이 단어를 똑똑히 기억했다가 제대로
보고하시기 바랍니다."

객석에서 웃음소리가 들렸다.

"세 가지 방침은 이렇습니다. 첫째. 교사양성을 위한
사범학교 설립. 둘째. 각 군마다 학교설립을 전담할 지회
설립 셋째. 회보와 각종 서적의 간행. 이 모든 것은 오직
교육을 위한 것입니다."

이렇게 단체를 떳떳이 드러내자 회비 걷기도 쉬웠다.
회제를 비롯해 남형우, 서상일, 김사용 등은 여러 활동을
하고 있어 일본의 감시가 심했다. 이렇게 대놓고 모이고
회비를 걷으니 일본은 오히려 가만히 보고만 있었다. 서
로 마주 보고 빈틈을 노리는 맹수 사이에 흐르는 공기처
럼 팽팽한 평화였다.

회원들은 영남지역에 유독 변화가 없음을 깨달았다.
태조가 왕업을 일으켰던 그 시절 그대로 살고 있는 영남
에 새로운 공기를 넣기 위해 각자 고향을 다니며 신학문
을 통한 교육의 중요성을 알리기로 했다. 기수는 일송 김
동삼이 협동학교 교감을 맡자 교사를 하겠다며 안동으로
갔다. 가기 전 기수는 회제를 찾았다.

"백산, 안동은 임진왜란 때처럼 의병 활동으로 외세를

몰아낼 수 있다고 믿고 있는 곳이야. 그때는 맞았지만, 지금은 아니야. 내가 그 정신은 지키되 새로운 방법을 찾을 생각이야."

희제는 기수의 손을 굳게 잡았다. 진심을 다해 친구의 안녕을 기원했다. 떠나는 뒷모습이 마음에 걸려 백산은 뛰어가 한 번 더 기수의 손을 잡았다.

"동지들의 땀 덕분으로 안동에 새로운 등이 켜졌다네. 누구라도 밝은 길을 볼 수 있을 것이야."

백산의 교육사업은 부산 구포의 〈구명학교〉, 의령의 〈의신학교〉, 고향 설뫼마을의 〈창남학교〉까지 계속 이어졌다. 물론 백산 혼자 한 일은 아니었다. 구명학교는 26명이 기금을 모았고 창남학교는 문중 어른들을 설득해서 어렵게 이뤄낸 쾌거였다. 독립운동 인재양성을 위한 희제의 열정은 계속되었다.

그 무렵 희제는 부산에 자주 들렀다. 부산은 나날이 변하고 있었다. 붉은 벽돌과 화강암으로 치장한 부산역 공사가 한창이었고, 사람을 대신해서 편지와 물건을 전달해 준다는 우체국 공사도 한창이었다. 그것들은 일본의 욕심을 그대로 보여주고 있었다. 희제는 구명학교 설립으로 인연을 맺은 청운 윤상은과 자주 만났다.

"청운, 어찌 부산은 날마다 공사 중이네. 하지만 어딘지 불편해."

"말도 말게. 공사관계자 일본인 한 무더기, 공사 인부 조선인이 또 한 무리. 짓기는 또 얼마나 지어대는지. 부두, 철도, 은행, 백화점. 또 있지. 일본인들이 살 대저택, 조선인 노동자를 위한 식당. 하루하루 정신없이 변하고 있네. 참, 들어나 봤나? 활동사진이라고. 종일 그것만 틀어주는 극장도 생겼다지? 그리고 말일세."

"뭐가 더 있단 말이야?"

"찍히면 바로 혼을 빼앗긴다는 사진관도 생겼네."

"일본은 도대체 조선에서 왜 이런 일을 하는 거지?"

"그런 건 비밀도 아니야. 차근차근 준비를 하는 거라네. 부산에서 중국까지 한입에 꿀꺽 다 먹어버리겠다. 어떤 이는 경부선을 다른 말로 중국으로 이어지는 일본의 욕심줄이라 부르네. 이제 좀 알겠는가?"

그랬다. 부산은 하루하루 변하고 있었다. 대륙으로 향하는 섬나라 일본의 욕심이 시작되는 곳. 새로 짓는 부산역 건물은 비슷한 디자인의 동경역보다 먼저 지어졌다. 조선을 귀히 여겨서가 아니라 그만큼 일본이 대륙진출에 안달을 내고 있다는 증거였다. 부산을 시작으로 해서 조선과 만주 중국까지 욕심을 내는 일본의 속내는 노골적이었다. 일본은 부산을 출발지로 삼아 대륙을 침략하겠다는 치밀한 계획을 숨기지 않았다.

부산이 꿈틀거리고 있었다. 조선팔도 그 어디보다 빨

리 바뀌는 중이었다. 용의 머리처럼 생긴 용두산은 온몸을 비틀며 처절한 신음 소리를 내고 있었다. 꼬리인 용미산은 이미 산산이 부서져 바다를 매립하는 데 쓰인 지 오래였다.

희제는 용두산 아래 〈장수통〉 거리를 천천히 걸었다. 줄지어 들어선 상점이 물건을 산처럼 쌓아놓고 사람들을 유혹했다. 서양음악 선율을 타고 세련된 모던 보이, 모던 걸이 거리를 활보했다.

금테안경에 카이저수염을 기른 희제는 중절모를 고쳐 썼다. 초량과 중앙동 일대가 하얗게 화장한 일본제국주의 얼굴 같아서 견디기가 힘들었다. 천천히 뒷골목으로 들어섰다. 뒷골목은 장수통 거리와는 또 달랐다. 더럽고 지저분한 일본의 욕심이 민얼굴로 펼쳐져 있었다. 그곳은 〈걸어 다니는 시체〉로 발 디딜 틈이 없었다. 너무 굶어 제대로 걷지도 못하고 간신히 숨만 붙은 조선인을 〈걸어 다니는 시체〉라 불렀다.

희제의 눈시울이 붉어졌다. 연이은 흉년으로 생계가 막막해진 사람들은 무작정 부산으로 몰려왔다. 부산에 가면 막노동 일자리라도 구하기가 수월하다는 소문 때문이었다. 그들은 이일 저일 가리지 않고 닥치는 대로 일을 했다. 품삯은 많지 않았다. 몸이라도 다쳐서 며칠 쉬면 바로 걸어 다니는 시체가 되어 거리를 떠돌았다. 살아있는 것도, 그렇다고 죽은 것도 아니었다. 화려한 광복동에서 눈을 돌리면 좌천동 초입에 초량이 있었다. 그곳 역시 상인들이 온갖 화려한 물건을 늘어놓은 상점이 있었다. 그리고 그사이에는 섬도 아닌데 섬처럼 고립된 영주동의 조선인 집단 부락이 있었다. 비참한 빈민굴에는 조선인들이 웅크리고 있었다.

희제는 지팡이를 꼭 쥐고 땅을 탕탕 두드렸다. 얼마나 움켜잡았던지 손등을 타고 올라온 핏줄이 굵게 불거졌다. 걸어 다니는 시체처럼 살아가는 동포를 보는 희제의 눈이 붉었다.

6. 곰에게 먹히느냐, 여우에게 먹히느냐

"나리 저는 고향에 있을 때는 나리 댁만 한 곳은 없다고 생각했는데, 나와 보니 하늘 아래 대단한 가문이 이렇게나 많았네요. 어디는 천 석지기니, 아무개는 삼천 석지기니 아무렇지도 않게 말해서 깜짝 놀랐어요."

희제를 찾아온 신사를 막 배웅하고 돌아서는 창이의 표정이 발그레했다.

"그래서 하고 싶은 말이 뭐냐?"

희제가 뭔 사설이 그리 기냐는 듯 보았다.

"방금 오셨던 청운 윤상은 나리 말입니다. 그분 장인어른이 바로 철도왕 박기종이래요."

전 동래부사 윤홍석의 아들인 청운은 철도왕 박기종의 사위였다. 아버지는 삼천 석지기 양반이었고 장인 박기종은 자수성가한 양민이었다.

"철도왕이라니, 어마무시하게 멋져요. 나리도 그 이야기를 들으셨지요? 철도왕은 저처럼 가난하고 배움도 쥐뿔 없었대요. 그런데도 어깨너머로 일본어를 익히고 무역을 해서 큰 재산을 일으켰다지 뭡니까요. 그러던 어느 날 통신사를 따라 일본에 갔는데 기차를 처음 보고, 그길로 푹 빠져서 지금 철도를 놓겠다고 저 야단이랍니다."

"철도왕이 좋은 게냐, 기차가 좋은 거냐?"

"히히 다 좋지요. 기차를 보고 있으면 몸이 둥실둥실 떠다니는 기분이 들어요. 기차 화통이 좀 시끄럽긴 한데 제게는 이렇게 들려요. 창이야 어서 타. 내가 하늘 끝까지라도 데려다줄게."

"가고 싶은 데라도 있느냐?"

희제의 말에 창이가 고개를 갸웃거렸다.

"어디에 뭐가 있는지 알아야, 가고 싶은 곳도 있겠지요."

희제와 지내며 어깨너머 배움이 깊은 창이였다.

"나리가 하시는 말은 우리말인데도 사실 잘 모르겠어요. 하지만 대단한 분들이 한마음으로 나라를 찾겠다 하시니 잘 될 것입니다."

희제는 창이를 보면서 새삼 교육의 무게를 느꼈다.

"창아, 조선은 어느 한 가문만의 나라가 아니다. 이 나라 만백성의 나라지. 너는 하고 싶은 일이 따로 있느냐?"

"제가요? 에이 저 같은 놈이 무슨. 저는 나리를 따라다니기만 해도 좋습니다. 기차도 타봤으니, 됐습니다."

창이가 연신 고개를 흔들었다.

"창이야, 철도는 엄청난 것이란다. 산골 마을에 신작로만 새로 닦아도 마을 사람들 생활이 달라지는데 하물며

철도는 나라의 미래를 바꾸기도 한단다."

"에고 저는 칙칙폭폭 달리는 기차가 그냥 좋아요."

창이는 철도왕이라는 이름에 푹 빠진 듯했다.

"그래. 세상이 참으로 빨리 변하고 있구나."

희제는 철도왕 박기종의 무역업에 관심이 갔다. 생각해 보면 보성학교 창업자 이용익 교장도 금광으로 큰돈을 벌었다고 했다. 그것으로 베트남에서 안남미를 수입하고 홍삼을 수출하는 등 무역을 시작했다. 철도왕 역시 멸치어장을 성공시켜서 그것으로 일본과 무역을 시작했다. 희제가 비록 경제과를 나왔지만 책이 아닌 실물경제를 직접 대하자 생각이 많아졌다. 독립운동을 하기 위해서는 자금이 필요했다. 교남교우회의 알려진 목적은 〈교육과 친목〉이었지만 숨은 목적은 독립운동자금의 모금이었다. 희제는 교육시찰위원으로 전국을 돌면서 학교설립을 권장하는 연설을 하는 틈틈이 독립운동자금을 모았다.

"여러분, 조선은 오롯이 혼자 힘으로 살아남아야 합니다. 자기를 지키는 힘을 길러야 합니다."

경제는 천시할 것이 아니었다. 박기종은 그렇게 번 돈으로 1895년 개성학교를 세웠다. 학교상징으로 상업의 신 헤르메스의 지팡이와 새의 날개를 가져왔다. 부산은 상업과 유통이 활발한 곳이었다. 낙동강 지류를 따라 물품을 운반하는 구포와 덕천객주는 국내를 맡았고 동래상인들은 개성상인과 연계해 대륙과 섬을 잇는 무역을 맡았다. 조선의 끝에 위치한 부산은 바다와 강이 있기에 다른 세계로 통하는 길목이 되었다.

철도왕의 사위 윤상은은 개성학교를 졸업한 인재였고 교육사업에 관심이 많았다. 희제와 상은은 보자마자 서로 호감을 느꼈다. 거의 매일 만나 머리를 맞대고 나랏일을 의논했다.

"백산은 조선팔도의 홍길동이야. 여기서 번쩍, 저기서 번쩍. 대단해."

상은의 말에 희제가 빙그레 웃었다.

"을사늑약으로 나라를 잃었을 때 나는 서울로 갔지. 청운 자네의 발길은 어디로 향했는가?"

"나는 구포로 되돌아와 낙동강변 개간을 시작했어. 양잠을 치면서 울분을 달랬을 뿐이야."

희제가 상은의 손을 꼭 잡았다.

"아니야. 청운, 자네는 자네만의 저항운동을 하고 있던 거야. 땅을 개간하는 것이 바로 자력의 길이라네. 훌륭한 일을 했네."

"그런가? 설탕처럼 달콤하지만 듣기에 나쁘진 않구만."

"빈말은 아니라네. 참, 청운 자네에게 부탁이 있다네."

"뭐든 말하게."

"솜씨 좋은 양복 집을 소개해주게."

희제의 엉뚱한 대답에 상은이 큰소리로 웃었다. 하얀 와이셔츠에 감색 신사복을 입은 윤상은의 모습은 언제나 빈틈이 없었다.

"오호, 맞네. 신사는 양복을 입어야지."

상은의 말에도 희제는 빙그레 웃을 뿐이었다. 양복점은 장수통 거리에 있었다. 양복 한 벌이 집 한 채 값이었다. 그만큼 비싸고 아무나 못 입는 옷이었다. 양복을 맞추는 희제 주위를 빙빙 돌면서 창이는 재단사에게 자랑을 했다.

"우리 나리는 정말 멋지셔. 진정한 신사 양반이지요."

"신사면 신사고, 양반이면 양반이지 신사 양반은 또 뭐여? 하하하. 그러니 우리 집에 오셨지. 여기는 신사가 아니면 문턱을 넘지도 못하는 곳이야."

재단사의 자부심이 대단했다. 창이는 양복기술 같은 최첨단 기술을 언제 익혀 저렇게 떵떵거리고 사는지, 양복쟁이가 신기했다.

"여기서 나가기와 하오리도 만들 수 있나?"

희제가 웃으며 물었다.

"나가기와 하오리라면 왜의 옷인데, 그런 것을 입으십니까? 어제 꿈자리가 뒤숭숭하더니만, 이런 모욕을 다 받고. 이놈아, 왜놈 옷이 필요하신 나리를 여기로 모시면 어쩌나. 얼른 다른 곳으로 모시지 않고."

웃는 낯이던 재단사의 표정이 싹 변하면서 차가운 목소리로 대답했다.

창이가 양팔로 제 몸을 감쌌다.

"에고 추워라. 갑자기 매서운 댑바람이 부네. 이게 뭔 조화일까나?"

재단사의 반응에 희제가 약 올리듯 말했다.

"양복은 서양의 것, 나가기는 일본의 것. 둘 다 외국의 옷이지. 외국의 옷임에는 틀림없는 사실인데 둘 사이에 다를 게 있나?"

"다릅니다. 분명 다릅니다."

"다를 게 없다."

"다릅니다요. 나가기는 여편네들이 만드는 것이고 양복은 나 같은 기술자 아니면 못 만듭니다. 이 기술을 배우기 위해 내가 들인 수업료와 품은 또 얼마게요."

"여편네들이 만드는 옷이라니. 자네가 입은 옷도 소위 여편네라 불리는 이가 한 땀 한 땀 정성 들여 만들어준 것 같은데? 하지만 자네 말 중 한 가지는 내 마음에 들었네. 기술의 가치를 알다니 선지자야."

재단사는 신기술이라는 말에 누그러졌지만, 분이 다 풀리지 않았는지 중얼거렸다.

"억만금을 던져줘도 왜놈 옷 따위는 안 만듭니다."

희제는 그러거나 말거나 무심하게 말했다.

"조선을 노리는 것이, 여우냐 곰이냐는 중요하지 않네. 곰한테 먹히면 기분 좋고 여우한테 먹히면 자존심 상하나? 먹히지 않는 것이 중요하다네. 잊지 마시게. 조선을 먹고 싶어 군침을 흘리는 동물이 있다는 것을."

창이는 희제가 한복과 양복뿐 아니라 청나라와 일본의 옷까지 수집하는 것이 조금 특이한 취미라 생각했다. 희제가 일본의 눈을 피해 독립자금 전달에 힘썼다는 것을 알았을 때 '아하, 그랬군' 하며 무릎을 쳤다. 돈을 가지고 다니면 일본 경찰, 마적, 강도 등 마주치는 모두가 위험했다. 그러다 보니 이 옷 저 옷 바꿔 입고 활동하는 비밀 첩보단의 단장 36호라는 소문까지 났다.

양복점 문을 나서던 창이가 어깨를 으쓱하며 말했다.

"우리 멋쟁이 나리는 어떻게 입어도 어울리시니, 옷 찾으러 나 혼자 올 거요."

희제와 창이는 고향 설뫼마을로 내려갔다.

"녀석, 집에 가니 좋은가보구나."

창이는 싱글벙글 웃는 낯으로 대답했다.

"나리도 좋으면서."

설뫼마을은 그대로였다. 시리도록 푸른 하늘과 아름다운 산과 들은 어머니처럼 희제를 반갑게 맞이했다.

"나라는 어찌 돌아가더냐."

문중 어른들은 역시나 나라 걱정뿐이었다.

"일본은 이미 조선을 차지했습니다. 조선을 되찾으려면 교육에 힘을 기울이는 수밖에 없습니다."

나라를 위하는 마음은 같은데 방법은 제각각이었다. 유림의 어른들은 희제가 말하는 신식교육을 받아들이기 어려웠다. 머리를 짧게 깎고 양반과 상놈이 같은 책상에 나란히 앉아 공부를 한다는 것은 오랫동안 지켜온 조선의 근본을 바꾸는 일이었다. 희제와 보성학교 동문인 서상일은 이미 말했다.

"백산, 내가 공자 왈 맹자 왈만 외우고 있을 때 다른 세계는 우리가 생각지도 못하게 변하고 있었어. 조선을 둘러싼 국제정세는 이미 조선을 먹으려고 벌려진 네 개의 커다란 입이야. 그런데 우리는 힘이 없네. 그러니 이제라도 변해야 한다고."

그러나 고향은 그대로였다. 포근하고 따뜻했지만 유림의 엄중함 역시 그대로였다. 당장 창이에게 불똥이 튀었다. 희제와 스스럼없이 지낸다는 이유로 창이는 어른들에게 불려갔다.

"이놈아, 네놈이 아무리 주인을 모시고 오래 타지를 떠돌아다녔다 해도 양반과 상놈의 구분이 어엿한데, 감히 신분을 잊고 까불어대다니."

"창이는 그 누구보다 한결같은 마음을 가졌습니다. 제

게 일이 생기면 목숨 걸고 날 지켜줄 친구입니다."

이 말에 어른들은 더 펄펄 뛰었다.

"무어라, 감히 종놈이 주인과 친구라니. 네가 말하는 신학문이 겨우 이런 것이란 말이냐?"

바위에 대고 외치는 듯 말이 통하지 않았다. 그래도 희제는 어른들을 설득하려고 계속 노력했다.

"나리, 그만 하세요. 어르신들 말씀이 다 맞습니다. 제가 그만 본분을 잊고 까불었습니다."

보름달이 덩실 뜬 밤이었다. 달빛을 받은 나무와 장독이 은은하게 빛나고 있었다. 고향의 모든 것이 평화롭고 아늑했다. 창이 혼자만 한여름 비 맞은 삼베옷처럼 풀이 죽어있었다. 희제가 뭔가를 들었다.

"창아, 이게 무엇이냐?"

"뭐긴요, 도장이지요. 잉어 세 마리가 놀고 있네요. 히히히."

"그럼, 이 부채에 그려진 난초는 보이느냐?"

"아 그럼 안 보일까 봐서요. 제 눈은 멀쩡합니다요, 도대체 저한테 왜 이러세요? 자꾸 농을 하시고."

창이가 머리를 흔들었다.

"지금 달빛이 너와 나, 여기 부채와 도장을 차별해서 비추더냐? 해는 또 어떠하냐? 사람 봐가면서 뜨고 지더냐? 일월성신도 차별을 않거늘 한갓 인간이 감히 그래서

야 되겠느냐."

그동안 잘 참던 창이가 갑자기 서러운 듯 울음을 터뜨렸다.

"참말로 그런 겁니까?"

희제는 빙그레 웃으며 밝은 달 아래에 섰다. 희제와 창이, 바람에 흔들리는 나뭇잎까지 하나도 빠짐없이 달빛을 머금어 빛났다.

다음 날 희제는 일찌감치 문중 어른들을 찾았다.

"조선을 두고 침 흘리는 나라는 일본뿐 아닙니다. 청나라 러시아 등등. 그 짐승들 사이에서 살아남으려면 교육밖에 없습니다. 한시라도 서둘러야 합니다."

먹지도, 쉬지도 않고 다니는 희제의 모습은 보기에도 안쓰러웠다. 수파 안효제가 먼저 귀를 열었다. 안효제는 희제가 하는 말을 신중하게 들었다.

"세상이 변하고 있습니다. 새 시대가 오면 신학문이 우리를 지키는 힘이 될 것입니다."

안효제는 희제의 손을 들어주었다. 설뫼마을의 〈창남학교〉와 의령의 〈의신학교〉는 이렇게 세워졌다.

부산에서 희제는 무역과 상업이 가는 길을 보았다. 부산에는 전통 있는 동래상인 말고도 낙동강을 따라 전국으로 상품의 운송과 유통을 담당하는 덕천객주와 일본인들을 수용했던 일본인 전관거류지 근처 초량객주가 있었다.

상업이 여러 형태로 발달한 이곳에 일본이 발 빠르게 뛰어들고 있었다.

이 거대한 산업의 흐름에서 뒤처져 경제까지 일본에 뺏긴다면 돌이킬 수 없는 일이 벌어질 것이었다. 성격이 대담하고 일을 도모함에는 치밀했던 상은은 자신이 할 일이 무엇인지 깨달았다.

"백산, 곧 조선인을 위한 은행이 필요할 게야. 나는 은행업을 하겠어. 자네 같은 사람이 일을 도모하려면 아마도 많은 자본이 필요할 걸세."

희제와 상은은 서로의 손을 꼭 잡았다.

구포 구명학교 교장으로 취임하게 된 희제는 다시 부산으로 갔다.

어느 날 객주업을 하는 장우석과 희제가 만났다.

"일은 어찌 되셨습니까?"

희제가 장우석을 반겼다.

"하하 뜻을 모았는데 어찌 열매가 열리지 않을까? 구포 객주와 지주 등 모두 해서 주주가 70명이 넘지. 백산 자네도 주식 10주를 가진 어엿한 주주라네."

윤상은의 부친과 친구이며 구포거부인 장우석은 객주들과 함께하던 계를 주식회사로 만들었다. 희제는 구포역 근처 구포은행으로 갔다. 우리나라 최초의 근대적 민족계 지방금융은행의 탄생이었다. 예금과 대금 업무, 어음 할인

등을 하는 일본 은행과 다를 바 없는 조선의 은행이었다.

7. 대동청년당, 피로 맹세하다

1909년 10월 안중근 의사가 하얼빈에서 이토 히로부미의 죄를 준엄하게 물었다. 하지만 조선을 노리는 일본의 욕심은 변함없었다. 단지 한 사람이 사라졌다 한들 굴러가던 수레바퀴가 멈추지 않는 것은 어쩌면 당연한 일이었다. 1909년 봄부터 이미 조선은 거세게 몰아치는 태풍 속 한 척 고깃배처럼 이리저리 휘둘리고 있었다.

7월 어느 날이었다. 이른 더위에 창이가 땀을 흘리며 희제를 찾았다.

"나리, 누가 이것을 두고 갔습니다."

창이가 두꺼운 서류 봉투를 내밀었다.

"누가?"

"그게 잘 모르겠습니다. 낮에 인력거꾼하고 잡일 하는 인부 몇 말고는 들인 사람이 없는데요."

창이가 자기 잘못이라는 듯 머리를 긁적였다.

"저기 두어라. 나중에 보자."

겉으로는 그다지 중요한 물건처럼 보이지 않았다. 희제는 서류를 열었다. 제목이 보였다. 〈조선병합실행에 따른 방침의 건〉은 4월 일본 내각대신 가쓰라 등이 합의

한 내용을 문서로 작성한 것이었다. 희제는 꼼꼼히 읽어
나갔다. 1905년 을사늑약 이후 일본이 조선합병을 차근차
근 준비하는 것은 누구나 알고 있었다. 서류는 일본이 준
비를 끝내고 실행에 들어갔다는 것을 보여주고 있었다.

'이제 계몽, 교육 사업만으로는 일본을 막을 수 없게 되
었구나.'

온몸이 부들부들 떨렸다. 이심전심이었는지 전국에서
의병들의 저항이 들불처럼 번졌다. 의병은 용감하고 거침
이 없었다. 일제의 탄압도 점점 더 잔혹해졌다.

9월 희제와 동지들이 비밀리에 모였다.

"〈남한 대토벌 작전〉을 들었는가? 이 쳐 죽일 것들이
우리 동포를 마구잡이로 도륙했다네."

침통하게 고개 숙이는 희제와 동지들의 눈이 붉었다.

"처형된 의병이 일만칠천 명, 그중 의병장은 백세 명이
라는군."

"그뿐인가, 부상자는 사만 명이 넘어."

"이제 우리도 달라져야 하네. 교육과 언론운동만으로
는 안 될 일이야."

누가 먼저랄 것도 없이 손을 내밀었다. 희생된 동지들
에 대한 슬픔과 일제에 대한 울분이 모두를 짓누르고 있
었다.

평소 〈교남교육회〉는 사업설명회 명목으로 연사를

지방에 자주 파견했다. 희제는 강연을 준비한다는 핑계로 많은 사람들과 만났다. 대개 3~4명, 많아도 7~8명을 넘지 않았다. 워낙 친한 사이라 따라다니던 첩자들도 방심하는지 틈이 보였다.

마침내 때가 왔다. 장소는 남형우의 사랑방. 집주인인 남형우와 보성중학교 교장 박중화 선생, 김두봉, 이시열, 신채호, 신백우, 이경희 등 동지들이 한자리에 모였다. 〈대동청년당〉이 탄생한 것이다.

"대동청년당은 회원 수가 백 명이 넘는 단체입니다. 앞으로 더 늘어날 것입니다만, 누가 누구인지 알려줄 수는 없습니다.

형우의 말에 희제가 단호하게 말했다.

"맞습니다. 대동청년당은 비밀결사조직입니다. 단원들의 안전을 위해 명단은 비밀을 유지할 것입니다. 기본 원칙만 단원들에게 숙지시키겠습니다."

윤병호가 조용히 단규를 말했다.

1. 단원은 반드시 피로 맹세할 것이다.

1. 새 단원의 가입은 단원 2명 이상의 추천을 받아 엄격한 심사 후 인준한다.

1. 단명이나 단에 관한 사항은 일체 문자로 표기하지 않는다.

*1. 경찰에 체포될 경우 그 사건은 본인에게만 한하고
다른 단원에게 연루하지 않는다.*

윤병호의 목소리는 낮았지만 힘이 있었다. 모여 앉은
단원들은 처지와 신분이 달랐지만 조선을 생각하는 마음
만은 하나였다. 대동청년당은 수뇌부 말고는 회원 전체
를 아는 사람이 없었다. 일을 도모함에 있어서 회원 전체
가 나선 적은 한 번도 없었다. 믿을 수 있는 동지 몇 명이
모여 일을 해냈다. 대동청년당 단원 한 명 한 명이 큰일을
하는 사람들이었다. 만에 하나 한 명이 잡혀가도 피해는
상상 이상이 될 것이었다. 단원 모두가 한 번에 잡혀가는
일이 생긴다면 조선의 앞날은 암흑이 될 터였다.

이 무렵부터 희제는 암호를 사용했다. 처음에는 간단
한 약속으로 시작했다. 모임 장소에 흰 빨래만 있으면 들
어와도 괜찮다, 빨간색 옷이 걸려 있으면 뒤도 돌아보지
말고 그 즉시 도망가라는 뜻이었다.

편지도 처음에는 단어만 바꿔 사용했다.

꿩들이 떼를 지어 날아오르니, 언제 사냥 한번 갑시다.
이것은 첩자들이 눈에 불을 켜고 동지들을 찾고 있으니
당분간 활동을 조심합시다, 이런 뜻이었다.

그러나 전달할 것이 많아지면서 내용은 복잡해졌다.
단어만 바꿔서는 내용을 온전히 전하기 힘들었다. 가장

큰 문제는 들키기 쉽다는 것이었다.

이런 이유로 다들 암호 만들기에 힘을 보탰다.

"자, 들어봐. 이런 원리야. 중국에서 고생하는 동지들은 비밀 암호문을 이렇게 만든다고 들었지. ㄱㄴㄷㄹㅁㅂ은 차례대로 1, 2, 3, 4, 5로 ㅏ, ㅑ, ㅓ, ㅕ, ㅗ, ㅛ도 순서대로 1, 2, 3, 4에 대입해서 만들어. 예를 들어 '오늘 만나'는 85 294 512 21 이렇게 되겠네."

한글은 암호 만들기가 쉬운 글자였다. 처음에는 한 자리 수의 간단한 암호를 만들어 썼는데 시간이 갈수록 세 자리와 네 자리의 큰 수가 나오면서 복잡해졌다. 결국 암호문을 보낼 때는 어떤 해법을 사용하겠다는 약속부터 정했다.

비밀조직이지만 추천한 사람과 받은 사람은 서로를 알았다. 형우와 희제 그리고 서상일은 〈보성전문학교〉를 같이 다녔고 〈교남교육회〉 회원이자 〈달성 친목회〉 회원이기도 했다. 이런 이유로 공개적 행사 말고 비밀 집회도 틈틈이 열었다. 일본 첩자를 속이기 위해 학교 동문회혹은 지역 유지 모임으로 포장했다.

대동청년당 단원들 중에는 비밀결사단체 〈신민회〉회원도 있었다. 안창호와 신채호, 양기탁, 이경희, 김동삼, 형우가 그 회원이었다. 신민회는 평양을 중심으로 한 서북지역과 서울지역 인사들이 창립한 단체였다. 희제처럼 국민계몽운동과 민족교육활동으로 시작했다. 〈대한매일신보〉를 경영하던 양기탁은 글로 싸우겠다고 말했다. 최남선의 잡지 〈소년〉에도 힘을 보태고 전국 순회강연 등 국민계몽에 힘을 기울였다. 그러나 일본의 간악함은 점점 도를 더 해갔고, 신민회도 방향을 바꿀 수밖에 없었다. 국권회복을 위하여 독립군 기지건설 운동을 시작한 것이다. 의병들은 일제의 잔혹한 토벌 때문에 더 이상 조선에 머무를 수 없었다.

"선생님께서는 독립전쟁을 국권회복의 최고전략으로 채택하고, 국외에 무관학교 설립과 독립군기지 창건 운동을 본격적으로 시작하겠다고 하셨습니다."

희제는 이시형 선생께 투정하듯 말했다. 이시형 선생이 누구신가. 곁에 있기만 해도 존경심으로 눈물이 나오는, 그런 분 아니신가. 희제는 말이 아닌 몸으로 이렇게 말했다

"제게도 나눠주세요. 제가 하겠습니다."

독립에 대한 열망은 언제나 일치했지만 막상 실행 문제로 가면 의견이 나뉘었다. 급진론과 점진론은 토론으로 해결될 차이가 아니었다. 결국에는 서로 다른 길을 가야 하는 큰 차이였다.

양기탁, 주진수, 이승훈, 김구, 이동녕 등이 전국간부회의를 열어 서간도에 독립군기지를 건설하기로 결정하고,

서간도에 한인 집단이주 계획을 구체적으로 수립했다.

대동청년당 1대 단장인 형우와 부단장 희제는 신민회와 자주 연락하면서 긴밀한 관계를 유지했다. 물론 무엇보다 비밀을 지키는 데 힘을 다했다. 대동청년당원들은 각자 최선을 다했다. 남형우, 윤현진 등은 임시정부의 요직을 맡았고, 신백우, 김동삼, 최병찬은 무장투쟁을, 이수영, 이경희, 김사용은 의열투쟁을 했다. 장건상, 백광흠 들은 사회주의 운동의 길을 걸었다. 게다가 직접적인 투쟁 말고도 학교설립과 독립운동자금을 제공하는 이도 있었다.

이러한 투쟁활동의 중심에 희제가 있었다. 대동청년당이 정체성을 잃지 않은 것은 흔들리지 않았던 어느 누구의 덕분이었다. 그 어느 누구는 모든 사람이었다.

"어느 누구는 누구나 이지. 누구든 어느 누구가 될 수 있어."

8. 36호실에서

1910년 8월 29일 이완용과 테라우치 마사다케가 한일 합방 의정서를 발표했다. 처음으로 나라를 잃었다. 죽어 가는 나라라도 있을 때와 그마저 없는 것은 달랐다. 비록 조선은 끝났지만 나라를 되찾으려는 민중들의 자발적인 독립투쟁은 한층 더 불이 붙었다. 일제는 조선의 모든 것을 통제하고 지배하려 했고 이에 맞서 조선의 투쟁방법도 바뀌었다.

수파는 단식으로 저항했다. 일본은 을사늑약 때 남작 작위를 주며 회유한 적이 있는데 이번에는 은사금으로 회유를 했다. 수파는 그 자리에서 죽음을 각오하고 저항했다. 결국 체포되어 의령 인근 창녕경찰서에 갇혔지만 뜻을 굽힐 수파가 아니었다. 풀려나자마자 중국으로 망명해서 독립운동을 시작했다.

창이가 새파란 얼굴로 뛰어왔다.

"나리, 나리, 큰일 났습니다."

"대체 무슨 일이길래 그리 호들갑이야?"

"김기수 나리가, 나리가 그만."

끔찍한 소식이었다. 안동은 유림의 힘이 유달리 센 곳

이었다. 그런 곳에서 협동학교 선생과 직원, 학생 30명이 단발식을 거행했다. 나름 큰 결심을 보여준 것이지만 이 일로 유림은 협동학교를 유교에 반대하는 세력으로 여기게 되었다. 어느 날 괴한들이 습격해서 김기수와 안상덕, 이종화 세 명을 살해했다.

"시신은?"

"그게 아무도 수습을 하지 못해 그냥 있다 합니다."

희제는 그 말을 듣고 가만있을 수 없었다. 기쁘고 힘든 일 가리지 않고 함께하던 동지였다. 그 길로 구포에서 200리 길을 걸어 친구의 시신을 수습하러 갔다. 비틀거리며 걷다가 넘어지기도 했고 강을 건너다 헛디뎌 물에 빠지기도 했다. 가라앉았다 떠올랐다 하는 희제의 모습은 바로 위기에 처한 조선의 모습이었다. 물에 빠져 허우적거리던 희제의 손에 딱딱한 것이 만져졌다. 강 한가운데 있던 큰 바위였다. 얼른 올라가려 해도 미끄러워 올라갈 수 없었다. 손만 가지고 바위에 올라갈 수 없다는 것을 깨달았다. 희제는 배에 힘을 주었다. 숨을 멈추고 온몸에 힘을 준 뒤 배를 바위에 던지듯 올라갔다. 온 몸을 던져야 살 수 있었다. 뒤늦게 따라와 희제를 보는 창이 얼굴은 새파랗게 질려있었다.

협동학교는 처참하기가 그지없었다. 들어가는 입구부터 피 냄새가 진동했고 곳곳에 말라붙은 검붉은 흙들은 참상을 그대로 보여주고 있었다. 기수의 시신은 비참하게 버려져 있었다. 희제는 기수의 시신을 정성껏 수습해 준비한 수의를 입혔다. 그리고 〈교남교육회〉의 이름으로 장례식을 치르며 동지를 보내는 아픈 마음을 달랬다. 하늘은 이 모든 고통을 씻어주겠다는 듯 비를 계속 내렸다.

조선 안에서의 독립운동은 한계가 있었다. 해외에 일본군과 싸울 독립군대를 양성해야 한다는 주장을 하는 사람들이 점차 늘어나면서 조선독립을 위해 만주로 연해주로 이주하는 사람들이 줄을 이었다. 이회영, 이시형 선생은 가족 50명을 이끌고 만주로 이주했다. 명문대가의 솔선수범하는 모습은 결연했다. 사람들은 깊은 존경심을 보였다.

희제는 양정의숙을 졸업했다. 그 무렵 고향 친구 최병찬이 일본인 통감부 관리와 크게 싸웠다. 병찬은 희제와는 보성전문학교, 교남교육회와 대동청년당 활동을 모두 같이하는 친구였다.

"병찬, 일본 관리 머리를 후려쳤다면서?"

"아이고 백산, 내 친구 얼굴도 못 보고 영영 이별인 줄 알았네."

짐을 꾸리던 병찬이 희제를 보고는 와락 안았다.

"왜 그랬나?"

"잘못은 왜놈이 해놓고 도리어 우리 탓을 하지 뭔가.

제 나라 꾸릴 주제도 안 되어 남의 나라에 보호나 받는 조선인 주제에, 라고 하는데 참을 수가 없었지. 순간 화가 나서 한 대 치긴 했지만, 이대로는 안 되겠어."

희제는 단출하게 꾸린 짐을 보았다.

"어디로 떠날 생각인가?"

"우선 중국으로 가서 상황을 보고 결정해야지 싶네."

뜨거운 가슴으로 친구를 보냈다. 이제까지 펼쳤던 계몽운동으로는 한계가 있음을 절실하게 느끼는 순간이었다.

이듬해 희제는 가방을 꾸렸다.

"나리, 짐을 보니 어디 멀리 가실 참이십니다."

창이가 걱정스러운 얼굴로 물었다.

"중국을 둘러볼 것이야. 힘든 길이니 따라오지 마라."

"나리 곁에 제가 없으면 누가 있을까요?"

"아니다. 너는 따로 할 일이 있어. 내가 다 준비해 놓았다."

희제가 서랍에서 서류봉투를 꺼냈다.

"의사가 되는 것은 어떤가?"

희제는 창이를 의대로 보낼 생각이었다. 고향에서는 상놈이 무슨 공부를 하냐고 손가락질했지만 틈날 때마다 희제의 책을 몰래 보며 공부를 하는 것도 알고 있었다.

"이제부터 독립운동도 달라질 거야. 교육 계몽이 아니

라 철저한 무장투쟁으로 가는 거지. 전쟁이지. 싸우다가
목숨을 잃을 수도 있고, 다칠 수도 있어. 창이야, 우리는
의사가 필요하구나. 수술을 잘하는 외과 의사면 더 좋고."

창이는 희제가 준비한 입학 서류를 그저 껴안았다. 눈
물이 그렁했다.

희제는 양정의숙을 함께 다닌 서상일과 함께 중국으로
떠났다. 우선 〈신흥 무관학교〉부터 찾았다. 이시영 선생
은 그대로였다. 한눈에 봐도 고생이 훤히 보이는데도 한
치의 흔들림이 없었다. 나라를 구하겠다는 일념으로 전국
각지에서 모여든 청년들은 착실하게 훈련을 받고 있었다.

"선생님, 그 많은 사람을 먹이고 입히고 공부시키는 자
금은 다 어디서 나오는 겁니까?"

백산이 붉은 눈으로 이시영 선생을 보았다. 조선에서
한 손가락에 들던 재력가였다. 이회영, 이시영 선생이 모
든 재산을 무관학교에 쏟아붓고 있었다. 하지만 아무리
재산이 많아도 개인이 감당하기에 역부족이었다.

"백산, 우리의 일은 언제 끝날지 모르는 일일세. 자네
는 자네의 일을 찾도록 하게나."

"선생님."

백산은 신흥무관학교를 꼼꼼히 둘러보았다. 경제를 전
공한 백산은 아무래도 살림살이부터 살피게 되었다. 선
생은 찾아오는 모든 청년들을 다 받아주었다. 그들을 먹

이고 입히고 훈련하는 자금은 조선에 있는 재산을 처분한 것으로 충당을 하지만 몇 년이나 버틸 수 있을지 모르는 일이었다. 무기 구입은 엄청난 거금을 필요로 하는 일이 었다.

'당장이야 어찌 꾸려간다 해도 앞으로 자금이 많이 필요할 텐데.'

이 무렵 희제는 일제의 밀정들을 피하느라 다양한 변장을 시도했다. 말끔한 양복 신사에서, 일본군 장교. 어떨 때는 중국인 상인.

"역시 뭘 입어도 딱 들어맞는다니까. 어색한 게 하나도 없어."

상일이 놀리듯 말했지만 감탄하는 눈빛은 숨길 수 없었다.

"내가 좀 그렇지?"

희제가 입꼬리를 올리며 싱긋 웃었다.

블라디보스토크로 가는 길에 병찬과 연락이 닿았다. 중국 상인으로 위장한 희제를 보고 상일은 배를 잡고 웃었다.

"와, 내 친구 백산이 그새 중국 장사치가 되어버렸네."

멀리 이국땅에서 병찬과 희제는 나라 걱정과 밀린 이야기를 나누며 밤새 울다 웃다 했다. 영혼이 통하는 평생의 친구였다.

병찬은 중국과 만주와 러시아를 다니는 독립군들의 안전을 위해 훨씬 복잡하고 정교한 암호를 만들어 쓰고 있었다. 조직의 비밀유지를 위해서는 꼭 필요한 것이었다. 희제가 자신이 만든 암호를 보여주자 병찬은 2분도 걸리지 않고 바로 풀었다.

병찬은 안창호, 신채호, 이갑 등 민족의 지도자들과 계속 연락하고 있었다. 또한 수재답게 여러 외국어를 할 줄 알았는데, 러시아어는 아주 능통했다.

김동삼도 만났다. 나라가 이리되지 않았으면 존경받으며 편안하게 조선의 발전을 주도했을 인재였다. 안동 협동학교 교장을 지냈던 동삼의 몸은 고생과 훈련으로 마르고 남루했지만 시퍼렇게 빛나던 두 눈빛은 더 형형했다. 동삼은 김좌진 장군과 함께 대한독립선언서를 발표하고 서간도의 서로군정서 참모장으로 무장투쟁운동을 계속해 나갔다.

희제는 러시아어가 뛰어난 병찬과 함께 다녔다.

"이보게 병찬, 군대도 좋지만 외교로 해결해보는 것은 어떨까? 우리 노력이라도 해봄세."

병찬은 러시아 수도인 페테르부르크에서 황제에게 호소문을 올렸다. 조선의 국권회복을 도와달라는 것인데, 도통 반응이 없었다. 러일전쟁 패배 후 자기 나라 지키기도 버거운 러시아는 그럴 힘이 없었다. 결국 자기 나라의 국권은 자기 나라 국민들이 지킬 수밖에 없다는 것을 뼈저리게 깨닫는 계기가 되었다.

"백산, 박상진 동지가 지금 여기 있다네."

박상진 역시 희제와 양정의숙에서 함께 공부했다. 지금은 신의주 부근에 여관을 설립해 비밀 연락처로 삼고 조선뿐 아니라 중국의 혁명가들과도 교류를 가지며 무장독립운동을 하고 있었다.

"판사 영감을 뵙습니다."

상진은 사법고시를 통과해 판사 임명을 받았지만 애국지사를 죄인으로 만들 수 없다며 재판정을 뛰쳐나갔다. 상일이 반가운 마음에 농담을 던졌는데 상진은 호통을 쳤다.

"예끼 이보게, 나더러 개만도 못한 왜놈 앞잡이라 했는가?"

상진은 판사를 그만둘 때, 왜놈 밑에서 굽실거리는 판사보다 도둑을 보면 짖을 줄 아는 조선의 개가 더 위라고 말했다.

상진은 김동삼과도 역시 긴밀한 관계를 유지하고 있었다.

"백산, 신해혁명을 어떻게 생각하나? 조선에도 혁명이 필요하지 않겠나?"

중국에는 이제 황제가 없었다. 쑨원을 총통으로 하는 중화민국이 생겨났다. 왕이 없는 나라, 민중이 주인인 나

라. 상진은 희제와 신해혁명의 의미에 대해 생각을 나누
었다.

"혁명은 이제까지의 모든 것을 바꾸는 것일세. 값이 아
주 비싸지."

멀리 갈 것도 없었다. 동학혁명만 보아도 백성들의 피
가 산천을 덮었다. 희제는 조선의 완전한 독립과 자력갱
생을 원했다. 하지만 동지들이 주장하는 방법은 여러 가
지가 있었다.

"조선독립으로 가기 위한 길이 나누어지는군."

어느 날 상일, 병찬과 저녁을 먹던 희제는 여관을 둘러보
았다.

"여보게들 나는 이 여관이라는 곳이 마음에 든다네. 사
람들이 언제 드나들어도 의심받지 않고 비밀암호를 숨겨
도 들키지 않을 거고, 만에 하나 들켰다 해도 모르는 일이
라 하면 통하지 않겠나?"

"백산이 그렇다면 그러하겠지."

"앞으로 나는 언제나 36호실에 있겠네. 36호실은 실제
로 있을 수도 없을 수도 있지만, 항상 존재하는 곳으로 조
치해두겠네."

희제는 상일과 병찬과 함께 만주와 러시아 여러 지역
의 지도자들을 만났다. 그들은 세 개의 적과 싸우고 있었

다. 추위, 배고픔 그리고 일본 제국주의 군대. 쉽게 이길 적은 하나도 없었다. 블라디보스토크의 겨울은 고향 의령과는 비교할 바가 안 되었다. 겨울지옥이 있다면 아마도 여기겠다 싶도록 추웠다. 희제는 고향에서 가져온 두루마기를 꺼냈다. 오래전 겨울 어머니가 두툼하게 솜을 넣어 한 땀 한 땀 누벼서 만들어준 두루마기였다. 어머니의 정성이 듬뿍 들어있는 옷이지만, 시간이 흐른 만큼 숨이 죽어 처음처럼 따뜻하지 않았다. 누빔 옷은 털옷에 비할 바가 아니지만, 그래도 큰 도움이 되었다.

"나리."

입구를 서성이던 남자아이가 뛰어왔다. 창이를 똑 닮은 남자아이였다.

"독립운동을 하겠다고? 어쩌자고 이렇게 무턱대고 찾아왔누?"

희제의 말에 아이가 콧물을 쓱 닦았다.

"부모님 허락은 받았느냐?"

"먹일 입 하나 없어졌다고 집에서는 다행이다 할 것입니다."

"이 녀석아, 부모 마음을 그리 모르느냐. 어서 가서 안심을 시켜드리고 다시 돌아오너라."

"괜찮습니다."

희제의 눈에 아이의 발이 들어왔다. 이 추운 날 달랑

얇은 발싸개 하나였다. 동상에 안 걸리면 기적인 행색이
었다. 아직 정식 훈련병도, 학생도 아니었다. 내치지 않으
면 그나마 모자라는 밥을 나눠 먹어야 할 아이였다.

"나는 독립군이 되고 싶습니다."

아직 어린아이라 부모님이 걱정할 것이 불을 보듯 뻔
했다. 학교에서는 집으로 돌려보내기로 했고 인편이 있을
때 함께 보내기로 결정이 나 있는 아이였다. 추위로 거무
튀튀해진 뺨에는 하얀 콧물 자국이 진하게 보였다.

희제는 두루마기를 벗었다.

"입어라. 그리고 좀 더 크면 찾아오너라. 그때는 받아
주마."

창이를 닮은 아이는 잠시 망설이더니 옷을 받았다.

"고맙습니다."

희제는 백범 김구 선생을 만난 자리에서 하소연 아닌
하소연을 했다.

"러시아와 중국에는 고향을 떠나 생고생도 마다하지
않는 의인이 지천으로 널렸는데, 막상 조선을 생각하면
한숨부터 나옵니다. 일본에 붙어 호의호식하는 친일파들
이 넘쳐납니다. 호랑이는 산천을 지키겠다고 백두대간을
누비는데 정작 쥐새끼가 호랑이 집을 차지하고 뱃가죽을
두드리고 있습니다. 전국에서 변절자가 늘어납니다."

희제보다 아홉 살이 많은 백범이 부드럽게 웃었다.

"세상에서 우리 둘을 보고 백범과 백산, 양백이라 한다면서요. 좋습니다. 우리 양백이는 힘을 합쳐 할 일만 합시다. 주인이 나타나면 빈집이나 호령하던 쥐새끼는 자연히 없어질 것이요."

희제는 백범의 호탕한 위로에 마음이 풀렸다. 백범이 누구인가. 불과 19세의 나이로 가장 어린 동학 접주를 한 사람이었다. 그 후로도 그의 일생은 흔들림 없이 뚜렷했다. 두려움 없이 불의에 맞서고, 옳은 일을 하는 데 망설임이 없었다.

희제는 자기가 열아홉 살이었을 때를 생각했다. 영남을 여행하며 동지를 모으러 다녔다.

"제가 할 일을 확실히 알았습니다. 호랑이가 집으로 돌아올 수 있도록 전력을 다해 돕겠습니다. 밥걱정, 옷 걱정 덜어드리겠습니다. 맨손이 아니라 총칼을 쥐여 드리겠습니다. 걱정 없이 오롯이 독립투쟁만 할 수 있도록 최선을 다할 것입니다."

"장합니다, 백산 동지."

백범이 희제의 손을 잡았다. 따뜻하지만 힘이 들어 있는 손이었다.

"이제 조선으로 돌아갈 때가 되었습니다."

중국과 러시아에서 4년을 보낸 희제는 돌아갈 때가 되

었음을 알았다.

"백산, 조선으로 간다면서? 나는 이갑 선생의 부관이
되기로 했다네."

병찬이 서운한 얼굴로 말했다.

"안창호 선생도 곁에 두고 싶어 하던데, 인기가 아주
많네."

"새삼 비밀은 아니지만, 내가 인기 하나만큼은 진짜 많
지 뭔가. 하하하."

그날 동지들은 각자의 각오를 밝혔다. 병찬, 상진, 상
일과 희제는 각자 자신이 할 일을 말하기로 했다.

"나 백산 안희제는 독립운동 자금 조달과 국외 독립운
동세력과 국내 독립운동세력의 연락책을 담당할 걸세. 이
게 내가 온 힘을 다해 할 일이지."

"법복 따위 벗어버린 나 박상진은 총을 들겠네. 일본은
법이 아니라 총으로 상대해야 함을 일찍이 깨달았거든."

상진이 말을 끝내자마자 병찬이 환호성을 질렀다.

"역시 손에 총을 쥔 판사는 뭔가 달라도 달라."

나중에 대한광복회 총사령관이 된 상진은 중국혁명의
아버지 쑨원을 만나 조선의 독립에 힘을 보태 달라고 요청
하기도 했다.

"아무래도 우리 셋은 당장은 자금 마련과 연락거점을
위해 상회 하나씩을 설립해야 할 듯하네."

상일이 말을 마치자 이번에는 희제가 상일의 손을 흔들었다.

"나와 생각이 정확히 맞아떨어졌어. 하하하."

희제는 동지들과 작별인사를 나누었다.

"이제부터 나는 언제나 36호실에 머물 것이야. 그곳은 어디에나 존재하는 곳이기에 언제라도 동지들을 맞이할 걸세."

모든 의논을 끝내고 조선으로 돌아가려는데 뜻밖의 문제가 생겼다. 여비가 없었다. 고향을 떠난 지 4년이 다 되어가는지라 돈 떨어진 지 오래였다. 그나마 한 벌 있던 이갑 선생의 겨울옷까지 전당포로 갔다. 희제는 독립군들의 비참한 현실에 가슴이 아팠다.

"백산, 안창호 선생께 편지를 보냈네."

이갑 선생은 안희제 군이 고향에 돌아갈 수 있도록 여비를 부탁한다는 편지를 보냈다. 이미 여러 차례 도움을 주고받았지만 이번에는 특히 사정이 좋지 않았다. 그렇다고 앞으로도 좋아질 것 같지 않았다.

어렵사리 조선으로 돌아오는 길, 희제는 무슨 일이 있어도 식량과 무기를 마련해야겠다고 결심했다.

9. 백산상회

돌아온 백산은 어른들에게 인사를 드렸다. 4년 만에 돌아온 고향은 어머니 품처럼 따뜻하고 포근했다.

"그동안 먼 곳에서 배운 것이 많을 터, 이제부터 나라를 위해 큰일을 하여라."

"네, 무역회사를 차려볼까 합니다."

어른들은 이제 무엇인가를 시작하겠다는 희제의 결심에 기뻐하며 관심을 보였다.

"그래서 말씀드립니다. 무역상회 설립을 하려며 자본금이 있어야 합니다. 논을 팔아주십시오."

"뭣이라? 돌아와서 한다는 말이 기껏 조상 대대로 내려온 전답을 팔라는 말이냐."

어른들은 어이없어했지만, 희제는 차분하게 말했다.

"우리 힘으로 살아야 합니다. 무역을 할 생각입니다."

희제는 논 2천 두락을 팔아 부산으로 갔다. 부산이 무역에 있어 어떤 위상을 가지게 될지 이미 알고 있었다. 조선인을 강제로 동원해 만든 경부선이 영업을 시작했다. 오가는데 한 달 남짓 걸리던 서울과 부산은 기차를 타면 한나절이면 끝이었다. 사람들은 날개 가진 새도 못 따르는 속도라며 혀를 내둘렀다.

철도는 시간과 거리에 대한 생각을 완전히 바꾸었다. 사람이 새보다 빨리 움직이는 세상이 온 것이다. 아침밥 먹고 기차를 타면 서울에서 저녁밥을 먹을 수 있었다. 분명 어제와 다른 세상에서 살아야 한다는 뜻이었다.

부산역은 화려한 외용을 뽐내고 있었다. 1층은 역이고 위층은 호텔로 쓰이고 있었다. 일본인들은 관부연락선을 타고 부산에 왔다. 곧바로 기차를 타고 중국, 러시아를 지나 유럽으로. 부산항과 부산역은 일본의 오랜 꿈을 실현시키기 위해서 중요한 곳이었다. 그 옆으로 부산우편국과 세관 건물이 세워졌다. 모두 일본의 치밀한 계획에 의한 것이었다. 강제로 끌려온 조선인 노동자들의 피와 땀이 서린 건물이기도 했다.

희제는 이런 것들을 거꾸로 조선을 위해 쓰고 싶었다. 물상객주 장우석, 초량객주 이유석, 추한식 등을 자주 만나 일본이 짜고 있는 대륙진출의 판을 조선을 위한 것으로 뒤집겠다는 생각을 내비치었다.

마침내 1914년 백산상회가 문을 열었다. 곡물이나 면포 등을 취급하는 상회였지만 금세 지역을 대표하는 상사로 우뚝 섰다. 유망한 청년기업가 반열에 오른 희제는 상진과 상일을 만났다. 이미 상진은 대구에서 〈상덕태상회〉를, 상일은 〈태궁상회〉를 설립해 영업을 하고 있었다.

"백산은 잘 지냈나 보네. 신수가 훤하네."

"그런가? 조금만 있으면 일제를 몰아내고 조선의 독립을 쟁취한다 생각하니 기분이 좋아져서 그런가 보이."

형제 같은 친구들이었다. 반가움은 진담 같은 농담을 웃음꽃으로 피워냈다.

"그런 뜻에서 이번에 얼마를 가져왔는가?"

"음, 내가 모금한 군자금이 영업해서 번 돈의 배나 된다네, 하하하."

"상진이 자네, 모금이라 말하고서는 강탈한 것은 아닌가?"

"그게 중요한 것이 아니라, 군자금을 신흥무관학교에 무사히 전달하는 일이 가장 중요한 일이라네."

대동청년당 단원들이 속속 상회로 모였다. 보부상으로 위장한 동지들은 핏줄을 타고 몸 구석구석을 다니는 혈액처럼 전국을 돌며 정보와 군자금을 전했다. 대동청년당원들 중에는 지방 유지가 많았다. 천석꾼뿐 아니라 삼천 석, 오천 석 지주도 있었다. 그들은 주주가 되어 군자금 투쟁에 참여했다.

희제는 민족자본의 중요성을 잘 알았다. 자금이 있어야 독립군도 운영하고 총, 칼 등 무기도 살 수 있었다. 민족자본이 튼튼해야 독립운동으로 이어질 수 있었다. 백산상회 운영에 힘을 다한 희제는 어느새 부산의 저명한 청년 사업가로 우뚝 서게 되었다.

희제에게 만주와 러시아에서 고생하는 동지들에게 자금을 보내는 것보다 중요한 일은 없었다. 어렵게 마련한 독립운동자금을 현금으로 전달하는 것은 위험했기 때문이었다. 일본군뿐만 아니라 도둑과 마적이 도처에 있었다. 희제는 지점끼리는 어음으로 큰돈을 거래할 수 있다는 상업법을 이용하기로 했다. 이를 위해 전국지점이 속속 문을 열었다. 부산 고려상회, 마산 원동상회, 대구 태궁상회, 서울 미곡상 등 조선에 18개소 그리고 중국에는 안동 봉천 등 3개소를 지점으로 등록했다. 특히 만주의 이륭양행은 국내의 백산상회와 국외를 연결하는 중요한 거점이었다. 백산상회는 이렇게 지점 간 어음거래를 이용해 독립운동자금을 안전하고 정확하게 전달했다.

〈백산상회〉는 곧 〈백산무역주식회사〉가 되었다. 백산상회가 급속한 발전을 한다는 소문이 퍼지자 지방 유지들이 스스로 찾아와 투자하게 해달라는 부탁을 했다. 그런 사람들 중에는 돈만 밝히는 친일파도 있었고 백산상회를 노리는 첩자도 있었다. 조심하라는 말에 희제는 사업가답게 대답했다.

"백산상회는 주식회사라 주주를 가려 받을 수는 없지요. 또 친일파의 돈이 좋은 일에 쓰인다면 그 또한 좋은 일이지요."

희제는 윤상은과도 힘을 모았다. 상은은 이미 근대적인 은행 업무를 보는 구포저축은행을 경남은행으로 키우고 있었다. 독립운동에 자금을 대고 싶어도 방법을 모르는 항일 지주들은 상은을 찾았다. 은행은 해외 및 국내 독립운동의 중요한 자금공급처가 되었다. 결국 자산가들에게 받은 어음으로 대출을 놓아 상해 임정에 돈을 보낸다는 소문이 돌아 일본 경찰이 은행을 수색했다. 당장 화는 피했지만 시간이 흐를수록 경찰의 감시는 집요해졌다.

"자, 다음은 경주 최부자집이다."

평소 한 대도 보기 힘들었던 승용차 7대가 줄을 지어 경주 만석꾼 집 앞에 도착했다. 구경 온 사람들이 구름처럼 몰렸다. 승용차 문이 열리고 말쑥한 양복차림에 장식용 지팡이를 들고 내리는 청년사업가의 모습을 보고 몇몇 사람들은 저도 모르게 손뼉을 쳤다.

희제는 경찰 보란 듯이 다녔다. 그날 이후 최준은 백산상회 최대 주주가 되었다. 사실 최준은 이미 상진의 상덕태상회에 도움을 주고 있었다. 최준은 어찌 된 일인지 지점을 확장할수록 적자 폭은 커져만 가는 이 요상한 상회의 손실액을 기꺼이 메워주었다. 의령의 만석꾼 이우식 집도 마찬가지였다. 희제만 다녀가면 만석꾼 집안의 곳간이 텅 텅 비어버린다는 소문이 돌았다.

어느 좋은 날이었다. 백산은 보성전문 학우이자 대동청

년당 활동을 함께 했던 윤병호를 만났다. 병호는 와세다 대학을 졸업하고 조선으로 돌아온 다음 날 바로 '조선국권회복단'에 가입했다.

"병호, 자네가 와서 얼마나 든든한지 모른다네. 괜찮으면 우리 일을 도와주게나."

백산은 진심으로 병호를 반겼다.

그 무렵 부산은 독립운동가와 친일파 민족자본과 매판자본이 한데 섞여 끓어 넘치는 용광로 같은 곳이었다. 몇 번을 만나도 저 사람이 이편인지, 저편인지, 어느 편인지 알 수 없었다. 분명한 것은 자본의 힘이 돌아가고 있다는 것뿐이었다. 이승과 저승의 경계를 떠도는 영혼들의 도시. 걸어 다니는 시체가 뒷골목을 점령한 도시.

그것에 불을 지피는 장수통 상가회의 '연말 대 바겐세일'이 시작되었다. 용두산과 복병산 사이로 건물이 들어서 위용을 뽐내고 그 앞으로 상점들이 즐비했다. 상가회는 그 길에 가스등을 밝혀 빛의 거리로 만들었다. 화려한 불을 뿜는 가스등길 사이로 상가깃발이 펄럭였다. 상가가 터널처럼 계속되고 그 앞에 산더미처럼 쌓인 상품을 보러 모던보이와 모던걸이 모여들었다. 거리는 불나방 같은 사람들을 불러 모았다. 할 일 없이 산책하는 한량과 화려하게 꾸민 유한마담 양복을 입은 샐러리맨과 그들을 멀리서 구경하는 초라한 민초들. 반짝반짝 빛나는 불빛에 홀린

온갖 영혼들이 떠도는 혼란의 도시. 빛이 밝을수록 어둠도 깊었다. 그 어둠에는 일본의 눈을 피해서 몸을 숨긴 슬픈 독립군도 있었다.

백산상회가 잘 된다는 소문이 돌자 일본인들까지 덩달아 자금을 침투시켰다. 일본의 자금은 간섭을 데리고 왔다. 결국 백산은 조선은행에 근무하던 일본사람 진우여길을 신임지배인으로 고용해야만 했다.

병호는 기꺼이 백산의 일을 도왔다. 비록 나이는 희제보다 네 살이 어렸지만 희제의 신뢰는 각별했다. 하지만 얼마 지나지 않아 병호 성질이 불처럼 활활 타버리는 다혈질이라는 소문이 돌았다. 불의를 보면 참지 못하는 성격이 금방 드러났다.

백산상회를 둘러싼 새로운 소문이 매일 하나씩 터졌다. 그만큼 사람들의 눈이 백산상회와 젊은 사업가에게 쏠려있다는 증거이기도 했다. 일본 경찰은 상회자금이 독립운동자금으로 중국으로 빠져나간다는 소문에 여러 번 수색을 했다. 하지만 백산의 대처가 미꾸라지처럼 유연해서 증거를 잡을 수 없었다. 약이 오른 일본경찰은 조선은행과 식산은행에 압력을 넣어 거래를 중지시켜버렸다. 자금이 돌지 않자 회사는 어려움에 처했다. 희제는 어쩔 수 없이 병호에게 부탁을 했다.

"병호, 어려운 부탁이 있네. 조선은행 차석이 자네 와

세다 대학 동문이면서 절친한 사이라 들었네. 우리 거래를 다시 터달라고 한 번만 부탁하면 안 되겠나?"

자존심 강한 병호는 상황이 상황인지라 큰마음을 먹고 조선은행을 찾아갔다. 일본인 동창은 이를 알아차리고 슬그머니 자리를 피했다. 일제의 만행에 화가 난 병호가 그를 따라가서 다투던 중 그만 멱살을 잡고 때려눕혀 버렸다.

"병호, 부탁을 하랬지, 은행 직원을 때려 눕혀버리면 어떡하나?"

"은행원이라는 놈이 상부 지시만 따르고. 조선 제일의 무역회사도 못 알아보는 놈은 그런 자리에 앉을 자격이 없지요."

이런 성격은 '박춘금 성토대회'에서도 드러났다. 그 무렵 조선인이 일본에 일을 하러 가기 위해서는 도항증명서를 받아야 했는데 이를 박춘금이라는 친일파 중의원이 악용을 했다. 박춘금은 수하에 깡패들을 거느리고 있었다. 이들은 선거철이면 정치깡패로 이름을 날렸고 평소에는 박춘금이 회장으로 있는 '상애회' 이름으로 도항증명서를 비싸게 팔았다. 병호는 이에 격분해 노동자들과 제휴해서 '박춘금 성토대회'를 열었다. 이 일은 크게 번졌고 박춘금은 중의원이라는 신분을 이용해 반격에 나섰다. 희제는 병호와 대동청년당 동지 5명과 함께 서울의 조선총독부 정무 총감실로 갔다. 병호가 거기서 만난 박춘금을 때려눕혔다는 사실은 공공연한 비밀이었다. 결국 약한 조선인을 괴롭히던 도항제는 폐지되었다.

병호가 가입한 '국권회복단'은 영주동 대성여관에 연락망을 만들었다. 대성여관은 영선고개가 끝나는 곳에 있었는데 희제의 초량 자택과 백산상회의 중간에 위치해서 급한 일이 있을 때면 신속하게 연락을 할 수 있었다.

어느 날 한 청년이 대성여관을 찾았다. 청년은 병호에게 백산을 불러 달라고 했다.

"저는 영주 〈대동상점〉 직원 권영목입니다."

청년은 상진의 용건을 전했다. 그 무렵 상진은 조선국권회복단과 풍기 광복단을 통합해 대한광복회를 결성했다. 풍기 광복단은 안동, 봉화, 풍기의 의병들이 만든 비밀 독립단체였다.

"앞으로 곡물을 거래하실 때는 대구의 태궁상회와 영주 대동상점 그리고 만주의 상달양행과 거래를 하시면 되겠습니다. 우선 8,700원에 대해 어음발행을 해달라고 하셨습니다."

희제는 청년을 하나하나 뜯어보았다. 판사보다 독립군이 되겠다며 법정을 뛰쳐나간 상진이었다. 상진의 뿌리는 의병이었고 영주의 대동상점은 유림과 의병의 방식으로 독립운동기지 건설과 자금 조달을 하고 있었다.

"얼마 전 조선에서 수탈한 세금을 실은 마차가 습격당

했다던데, 마침 딱 8,700원을 잃었다지 뭐요. 괜한 오해 없도록 조심하시오."

　세금마차 습격은 상진과 대한광복회 단원들의 응징이었다. 친일파의 실상을 깨달은 상진을 비롯한 조선국권회복단은 사업방향을 친일파와 조선 총독 처단으로 바꾸었다. 하지만 정보가 새는 바람에 거사는 실패했다. 조선광복회 총사령관 상진은 수백 명의 일본 기마수비대에 체포되어 이루 말할 수 없는 가혹한 고문을 받았다. 그 혹독한 고문에도 상진은 끝내 동지들의 이름을 말하지 않고 홀로 처형대에 올랐다. 상진이 처형당하고 난 후 희제는 영혼이 한 조각이 싹둑 잘라나간 듯 깊은 슬픔을 느꼈다.

10. 걸어 다니는 시체들

부산은 매일 해안 매축 공사 중이었다. 일제는 부산 북 항을 단계적으로 매축해서 부산역과 항구를 만들었다. 시 모노세키에서 관부연락선을 타고 부산역을 거쳐 한반도 를 종단하는 기차를 타면 곧바로 중국과 러시아 그리고 유럽으로 진출할 수 있었다. 대륙진출과 조선수탈을 위해 일제는 계속해서 부산진과 우암동까지 매축해 나갔다.

희제는 일본의 경제적 침략에 맞서 민족자본을 구축 하기 위해 애를 썼지만 역부족이었다. 철도왕이라 불리던 박기종도 이 무렵 연이은 실패를 맛보고 있었다. 박기종 은 일찍이 철도를 접하고 세 번이나 철도 회사를 세웠다. 쌍꺼풀이 진 큰 눈에 탄탄한 모습은 얼핏 부드러운 인상 이지만 강렬한 눈빛에서 넘치는 힘이 느껴졌다.

"내가 말이야, 처음 기차를 봤을 때는 긴 복도가 늘어 선 집이라 생각했어. 그래서 행랑채가 길게 연결된 집이 라 해서 장행랑이라 불렀지 뭔가. 아, 그때 정말 어찌나 예쁘던지."

기차를 처음 보았을 때를 추억하는 박기종의 눈은 빛 났다.

"요새는 기차를 화륜거라 부르지. 불타는 바퀴. 멋지지 않나?"

친구 윤상은의 장인이기도 한 박기종은 부산과 하단을 연결하는 '부하 철도회사'를 시작으로 '영남지선철도회사'를 세웠다. 삼랑진과 마산은 곡식 운반 등 경제적으로 중요한 지선이었는데 박기종은 두 곳을 연결하는 삼마선을 세우기 위해 온 힘을 기울이고 있었다.

"기차는 중요한 수단입니다. 길을 가진다는 것은 미래를 가지는 것이지요. 그런 의미에서 일제는 조선인에게 허가를 내주지는 않을 겁니다."

희제의 냉정한 말에 박기종은 웃었다.

"나는 기차가 우리를 미래로 데려다주는 마법이란 걸 벌써 알았다네. 그러니까 더더욱 조선의 철도는 반드시 조선인이 가져야 하네."

"일제는 그렇게 놔두지 않을 겁니다."

희제는 조선을 위해 박기종의 계획이 성공하기를 바랐지만 일제가 그렇게 하지 않을 것이라는 것도 알았다.

"그것도 알고 있네. 부산궤도회사라고 왜놈 회사가 있지. 그 회사가 동래와 부산진 사이를 전차로 연결하려 하고 있는데 내가 해야겠어. 나는 철도왕 박기종이란 말이야."

"천하의 박기종이라도 힘든 일이지요. 아마 일본은 그

회사 손을 들어줄 겁니다."

"조선인들이 도와주면 달라지지 않을까? 동래 상인들이 모르는 게 있어. 지금은 동래가 최고라고 생각하지만 이미 부산의 중심은 용두산 주변으로 바뀌고 있다네. 모두 왜놈이 만든 신도시란 말일세. 부산진과 동래가 전차로 연결되면 누가 유리할 것 같은가? 두고 보라고, 동래는 없어지고 부산만 남을 걸세. 그게 바로 일본의 계획이란 말이지."

"동래상인들을 설득하기에는 부족한 예측입니다. 초량 객주도 그렇겠지만 동래상인들은 그렇게 생각하지 않을 수도 있습니다."

"하단 포구와 명지 염전을 동래상인들이 가질 수 있을 것 같나? 천만의 말씀. 덕포 객주와 연결되면 좋을 거라고? 아니야, 절대 아니야. 나는 그것을 알려줄 걸세."

장인의 열정에 윤상은이 어깨를 으쓱했다. 희제는 몰락해가는 조선의 자본을 보았다. 보성전문학교의 이용익 공이나 철도왕 박기종은 한미한 가문에서 태어나 자기 힘으로 성공한 사람이었다. 그런 가문 출신이 성공하는 수단은 무역밖에 없었다. 일제도 그것을 알았다. 그렇기 때문에 더군다나 사업이 될 만한 것은 움켜쥐고 조선에 주지 않았다.

희제는 가슴이 답답해졌다. 멀리 중국과 만주에서 독

립을 위해 밤낮으로 애쓰는 동지들에게 밥과 옷, 총알을 보내야만 했다. 추운 겨울 나라에서 땅을 개간하고 농사를 짓고 군사훈련을 하는 그들의 고생은 끝이 없었다. 희제는 동지들만 생각하면 따뜻한 밥과 잠자리가 미안했다. 그래도 여기를 떠나 그들에게 갈 수는 없었다. 희제가 해야 할 일은 중요하고 명확했다. 싸우는 방법은 하나가 아니기 때문이었다. 식량과 무기를 보내는 일은 희제의 독립투쟁이었다.

차츰 동지들이 그리는 미래의 모습이 각각 달라지고 있었다. '조선독립'을 위해 일제를 몰아내야 한다는 당장의 목표는 같았다. 하지만 일제를 몰아낸 후 그리는 조선의 모습은 다 제각각이었다. 민족주의와 무력투쟁. 무너진 조선을 일으키기 위해 왕정을 세워야 한다는 쪽과 낡은 조선은 버리고 우리 민족만의 새로운 나라를 세워야 한다는 쪽이 있었다. 독립된 조선의 모습은 그리는 사람에 따라 달라지고 있었다.

수파 안효제가 고향으로 돌아오지 못하고 낯선 곳에서 눈을 감았다. 희제는 수파의 제사를 지내기 위해 만주로 가기로 했다. 희제는 자신을 감시하던 일본 경찰을 사무실로 들였다.

"미운 정도 정이라고. 날마다 만나다 보니 제사지내러 간다는 말은 해줘야 할 것 같네. 엉뚱한 곳으로 찾으러 다

닐까 걱정도 되고."

"무슨 제사를 지내러 만주까지 갑니까?"

일본 경찰은 의심의 눈초리를 거두지 않았다. 희제가 빙그레 웃으며 말했다.

"조선 사람들에게 제사는 중요하네. 찢어지게 가난한 가족이 만주에서 마적을 만났는데 조상유골이 든 신줏단지를 인질로 빼앗기자 유골을 되찾기 위해 전 재산을 바쳤다는 이야기, 들었나?"

참새처럼 앞니가 툭 튀어나온 경찰이 머리를 탁 쳤다.

"맞아요. 참 바보 같다고 생각했습니다. 죽은 조상을 위해 모든 것을 포기하다니요."

"쉬운 결정은 아니었을 터, 그만큼 조상과 제사가 중요하다는 말이라네."

희제의 말에 일본 경찰은 고개를 끄덕였다. 사실 수파의 제사가 중요했지만 숨은 임무가 하나 더 있었다.

조선은 윌슨의 민족자결주의 선언으로 희망에 들떠있었다. 민족자결은 힘이 있는 민족한테만 해당되는 말이라는 걸 미처 몰랐다. 희제 역시 독립의 기회가 왔다고 생각했다. 조선뿐 아니라 일본 중국 미국 등 전 세계에서 뜻을 모았다.

결전의 날은 3월 1일.

"함께 모여서 선언을 한다고 독립이 될까?"

"안 하느니만 못하겠나. 한마음으로 뜻을 모아보세."

희제는 반신반의하는 마음이었다. 곧이어 이시영 선생이 국내로 잠입해 들어왔다는 소식이 들렸다. 희제는 일본 경찰의 눈을 피해서 남형우와 함께 백산무역주식회사의 주주를 모집하러 다니는 척하면서 일을 꾸몄다. 예전 교남교육회 강연을 핑계로 다닐 때처럼 전국각지를 돌며 동지를 모으고 3·1만세운동을 준비했다.

어느 날 밤 〈신한청년단〉의 장덕수가 36호실을 찾아왔다. 희제는 서둘러 비밀장소로 갔다. 희제를 감시하는 경찰 앞잡이 때문에 변장을 하고 나갔다. 덕분에 희제가 비밀첩보단의 단장이라는 오해를 받기도 했다.

"김규식 선생이 파리평화회의에 파견된답니다."

신한청년단은 백범 김구와 여운형 신채호 정인보 등이 속한 희제도 익히 아는 단체였다. 파리로 가는 김규식의 여비를 청하러 희제를 찾아온 터였다. 희제는 부랴부랴 여비를 만들어 보냈다. 하루 하루가 외줄 타는 광대처럼 위태로웠다.

2월 어느 날에는 한 여학생이 희제를 찾아왔다. 동경에서 막 도착한 김마리아였다. 2·8독립선언서를 숨기고 들어와 백산상회에 도움을 요청한 것이었다. 희제는 김마리아를 안전한 장소로 안내했다. 그곳에 머물고 있던 김규식 박사의 부인은 마리아를 보자 깜짝 놀랐다.

"마리아, 네가 어떻게."

"고모, 큰 고모부도 계셨네요. 두 분은 어떻게 이곳에?"

알고 보니 김마리아는 파리로 떠난 김규식 박사의 조카였다.

대신동의 여관과 영주동의 여관에도 36호 손님을 찾는 이가 속속 모여들었다. 희제의 말대로 특별한 사람에게는 언제 어디서나 36호실은 존재했다. 그중에 변상태도 있었다. 상해 대동청년당의 국내 연락을 위해 온 것이었다. 희제도 깊이 관여한 조선국권회복단에는 세 명의 상태가 있었다. 변상태, 윤상태, 신상태. 삼상태 중 변상태가 대동청년당의 임무를 맡아 희제를 찾아온 것이다.

"삼상태 중 가장 활발하신 변상태가 무슨 일로 직접 납시었나?"

"중요한 일이니 직접 납시었겠지요. 하하하"

희제는 동지들과 농담을 하며 순간의 긴장을 풀었다. 변상태는 독립운동을 치열하고 성공적으로 이끌었을 뿐 아니라 문상직과 함께 그 후로도 활동을 끈질기게 펼쳤다. 상태가 가져온 것은 독립선언서였다. 최대한 빨리 그리고 비밀리에 인쇄나 등사를 해서 전국 방방곡곡으로 보내야 했다. 백산상회는 이미 지금의 동광동인 초량정에 경남인쇄소를 보유하고 있었다. 하지만 그걸로 부족했다. 희제는 보성학교에 있던 보성사 인쇄소가 생각이 났다.

전국에 뿌릴 독립선언문을 인쇄하려면 대형 인쇄기가 필요했다. 희제는 조카 안준상을 보성사로 보냈다. 보성사 사장은 일제의 눈을 피해 밤 6시부터 10시까지 몰래 독립선언서 인쇄 작업을 하였다. 부산의 경남 인쇄소 기계도 밤에 더 열심히 돌아간 것은 물론이었다. 그래도 부족했다. 전국의 이름을 알리지 않은 독립투사들은 몰래 등사하거나 여건이 안 되면 일일이 손으로 썼다.

마침내 3월 1일. 남형우 서상일은 대구에서, 이우식은 의령에서, 윤현진은 마산에서 의거를 성공시켰다.

11. 기미 육영회와 경제공황

　3·1만세운동은 성공이었다. 다만 그것은 끝이 아니라 시작이었다. 전 국민이 일어나 목숨을 걸고 만세운동을 했지만 나라의 독립은 이루어지지 않았다. 힘이 없는 자가 독립선언문을 낭독하거나 만세를 부르는 것만으로는 독립은 오지 않았다. 오히려 일제의 탄압은 말하기 힘들 정도로 악랄해졌다.

　곳곳에서 36호실을 찾는 손님들로 백산상회는 가득 찼다. 희제는 창이에게 도움을 청했다. 창이는 이제 어엿한 의사였다. 동지들이 다쳐도 안심하고 치료할 수 있었다. 새로운 인재야말로 일제에 대항하는 진정한 힘이었다.

　봄날이었다. 희제는 어엿한 의사가 된 창이와 동광동 5가를 걷고 있었다. 거리는 다를 바 없었는데 아이들이 급하게 어디론가 뛰어가고 있었다.

　"여기는 그 유명한 의사 어을빈이 사는 곳 아닙니까?"

　"의사 선생도 아는 거 보니 유명하긴 유명한가 보이."

　희제가 주위를 둘러보며 너털웃음을 지었다.

　어을빈 의원은 찰스 어빈이라는 선교사가 세운 병원이었다. 어빈은 처음에는 선교를 위해 병원을 운영했는데 함께 팔았던 생명수라는 물약으로 더 유명해졌다. 마시기만 하면 두통 치통 변비 등등 모든 병이 다 낫는다는 소문이 나서 날개 달린 듯 팔리고 있었다. 어빈은 이름도 한국식 발음인 어을빈으로 바꾸었다. 어을빈은 제주에서 평안도까지 전국으로 팔려나가는 어을빈 생명수로 부자가 되었다.

"나리, 왜 이런 사람을 만나야 하는 겁니까?"

"이제 나리라 부르지 말래도. 의사 선생."

희제는 창이를 깍듯이 의사로 대했다.

"약을 팔아 번 돈으로 호의호식하면서 조강지처 부인은 내쫓고 자식도 버린 저런 호랑말코를 왜 찾아옵니까?"

창이는 정말 불쾌해 보였다. 두 사람 앞을 걷던 여자아이가 넘어지자 얼른 일으켜 세웠다.

"어디 다친 데가 있는지 볼까?"

아이의 무릎과 손을 살피는 창이는 제법 의사 태가 났다. 희제와 있으며 장난기 가득한 얼굴이었지만 아이를 살피는 눈은 진지했다.

"저 진짜 괜찮아요. 지금 바빠서 가 볼게요."

"어허 그 참."

손을 뿌리치고 뛰어가던 여자아이는 잠시 뒤돌아 손을 흔들더니 어디론가 급하게 갔다.

"왜? 사람 위에 사람 없고, 사람 밑에 사람 없다면서?"

"그건 인간한테만 해당되는 말 아닙니까?"

어을빈 의원을 둘러싼 희한한 소문은 조강지처를 버리고 간호사였던 조선 여자를 두 번째 부인으로 들인 후로는 낙동강 물이 넘치듯 흘러넘쳤다.

"나는 소문을 모른다. 내가 아는 것은 어을빈 생명수가 동지들에게도 필요하다는 것이야."

"순 엉터리 물약일지도 몰라요. 이상한 소문을 믿어서 나았다고 착각을 하는 사람들일 지도 모릅니다."

그때 의사 어을빈이 정원으로 나왔다. 뚱뚱해서 지팡이 없이는 걸을 수 없는 듯했다. 어을빈이 갑자기 들고 있던 바구니를 휙 흔들었다. 돈이었다. 동전. 아니 돈이 아니라 신호였다. 그와 동시에 아이들이 땅에서 솟아나거나 하늘에서 떨어진 것처럼 튀어나왔다. 굶주린 강아지처럼 아이들은 동전을 주웠다. 어을빈은 초점 없는 눈으로 실실 웃으며 보고 있었다.

"흐음 아까 그 여자아이가 왜 그렇게 바빴는지 알겠군."

희제가 동전을 줍느라 정신없는 아이들을 보며 말했다.

"조강지처 내쫓고 자식까지 버리면서 얻었던 첩이 그만 어을빈 의원을 배신하고, 돈만 싹 챙겨서 도망갔답니다. 인생 참."

창이는 어을빈의 인생이 불쌍하다는 표정을 풀지 않았다.

"의사 선생, 어을빈 생명수가 하루에 얼마나 팔리는지 아나? 자그마치 2백 병. 평안도에서도 주문이 들어오는 명약이지. 물건이 워낙 확실하다 보니 통신으로도 판다 네. 이런 대박 상품은 개발하려고 해도 못 해. 우체국에서 매일 승용차를 보내 약을 받아가고. 가게도 없이, 집에 앉아서 물건을 판다는데 신기할 뿐이야. 그런 물건을 우리 백산상회가 지점을 통해 판다면 일본 경찰도 백산상회를 의심하지 않을 게야."

"아, 그런 뜻이."

창이가 머리를 긁적였다. 사실 어을빈이 돈만 번 것은 아니었다. 부산에 처음 와서는 근대적인 의료 기술을 펼쳤다. 용호동에 나환자촌을 만들어 치료에 힘썼고, 조수나 제자 중에서 우수한 인재를 뽑아 서울 세브란스 의전으로 보냈다. 그들은 졸업 후 의술을 펼치는 의사가 되었다.

동전을 다 뿌린 어을빈이 천천히 집으로 들어갔다. 창이와 희제는 서둘러 따라갔다. 어을빈은 무슨 말을 해도 반응이 느렸다. 삶의 의욕이 없어 보였다. 백산상회 지점을 통해 전국적으로 어을빈 생명수를 팔아보자는 희제의 말에 말없이 고개만 끄덕였다.

상해에 임시정부가 수립되었다. 희제는 윤현진과 남형우를 통해 거액을 보냈다. 독립운동자금은 백산상회가 존재하는 이유였다. 강도와 마적, 일본 경찰은 어디에나 있었다. 상회의 판매망이 없었다면 자금을 안전하게 전달하기 어려웠을 터였다.

무사히 도착한 현진과 형우는 임정의 재무장관과 법무장관이 되었다. 임시정부가 독립신문을 발간하면 이륭상회와 백산상회가 중요한 거점이 되어 독립신문을 보급했다.

만세운동이 있던 해 11월 희제는 후원자들을 모아 〈기미육영회〉를 만들었다. 목표는 매년 10명을 선발해 외국으로 유학 보내기. 1회 유학생 안호상과 이극로는 독일로, 신성모는 영국으로 떠났다. 희제는 젊은 인재들을 배웅하며 중얼거렸다.

"부디 무사히 돌아와 이 땅의 든든한 인재가 되어 주시게나."

이렇듯 독립운동의 끈은 질기게 이어지고 있었다. 그렇지만 간혹 이런 움직임을 느끼지 못하고 조선이 일본에 병합되었다는 실망감에 의욕 없이 하루하루를 살아가는 청년들도 있었다.

"사람들은 상황에 따라 변하오. 아침에는 이상주의, 정오에는 회의주의, 저녁에는 비관주의가 되는 것을 보면 알 수 있지요."

필수는 이런 상황을 말하며 씁쓸하게 웃었다. 희제는 부산의 상회경영자 모임에서 신필수를 만났다. 필수는 경주 근처의 천석꾼 집안의 자제였지만 일제에 의해 가세가

기울어가고 있었다. 어찌 신필수 집안만 그러할까. 마침 둘은 나이도 같았다.

희제가 필수의 말을 받았다.

"그렇습니다. 특히 청년들이 독립만세운동 이후로 무력증에 시달리고 있어요. 이대로 두면 아무것도 못 하는 영혼이 몸뚱이만 비척비척 끌고 다닐 것이오. 이래저래 조선에는 걸어 다니는 시체만 즐비할 것이오. 막아야 하오. 청년이 죽으면 조선도 죽습니다."

희제는 이미 필수를 알고 있었다. 부산 청년회를 이끌 사람을 찾는데 필수를 추천하는 사람이 많았기 때문이었다.

"부산은 조선반도의 문입니다. 이런 중요한 부산에 청년들의 사회활동을 책임지는 조선인 단체가 없습니다. 무기력한 청년들을 다시 깨워야 합니다."

필수는 곰곰이 생각했다. 청년들은 만세운동이 꺾이자 혼란스러워했다.

"알겠습니다. 다만 강제로 주입하지 말고 스스로 힘을 차리도록 환경을 만들지요. 지치고 힘든 영혼을 치유하는 것으로 음악만 한 것이 없습니다."

필수는 외국인 선교사 부인을 강사로 초빙했다. 청년들의 지친 영혼을 음악으로 치료하면서 동시에 강습을 통해 강한 힘을 불어넣었다.

'부산 청년회'의 청년들은 조금씩 힘을 내기 시작했다.

게다가 큰일이 일어났다. 콜레라였다. 전염병은 무섭게 퍼졌다. 세계를 휩쓴 경제공황으로 그냥 둬도 굶어죽는 시체가 돌아다니는데 전염병까지 더하니 생활은 팍팍해질 수밖에 없었다. 자산가들의 모임인 기미육영회도 후원금이 끊겼다. 살아남기 어려운 시절이었다. 부산진 뒷산과 바닷가 곳곳은 시체가 시체를 덮었다.

마침내 2차 전염병 피해를 우려한 일제의 조치로 교통까지 끊겼다. 부산은 고립되었다. 시장에는 물건이 없었고 날마다 사람들은 죽어 나갔다.

"왜놈과 싸우기도 힘든 판에 전염병까지. 반드시 이겨내야만 한다."

필수는 백산상회의 후원을 받아 방역단을 조직했다. 총 들고 싸우는 것만이 전투가 아니었다. 청년단은 시내를 다니며 소독을 하고 환자들을 돌봤다.

"백성을 지키는 것이야말로 독립운동이다. 백성이 있어야 나라도 찾고 백성이 있어야 독립운동도 한다. 우리는 어엿한 독립운동 동지들이야."

필수의 말에 청년들은 환호했다. 직장을 다니는 청년들은 어쩐지 누구에게랄 것 없이 괜히 미안했던 것이다.

필수는 음악회를 열어 찬조금을 모으기로 했다. 강습생들은 열화와 같은 마음으로 음악회를 준비했다. 부산청년회에는 전차 차장으로 일하는 청년이 제법 있었다.

그들은 자신들의 자리에서 자신들만의 독립운동을 한다는 마음에 뿌듯해했다. 경남은행 지배인의 찬조를 받아 악기를 구입하고 연습에 연습을 더했다. 마침내 연주회가 열렸다. 즉석에서 펼친 모금은 대성황이었다.

그러나 일제도 만만치 않았다.

"큰일이네. 일본 경찰이 냄새를 맡은 모양이야. 일단 백산상회 원주지점으로 가도록 하게나. 뒷일은 또 뒤에 도모하고 일단 몸부터 지키게나."

상해임시정부 후원회 사건이 드러난 것이었다. 필수는 망명길에 올랐다. 희제는 필수에게 어을빈 물약을 안겼다.

"혹시라도 경찰의 검문이 있으면 이걸 팔러 다닌다고 하게나. 도착하면 팔아서 자금으로 쓰고. 혹 아픈 사람이 있으면 약으로 쓰든가."

희제는 더는 소중한 동지를 잃고 싶지 않았다. 대한광복회 총사령관 박상진이 체포돼 혹독한 고문을 받고 형장의 이슬이 되던 날, 희제는 가슴으로 울었다. 어머니 장례식을 치르기 위해 집으로 돌아온 상진은 상복을 입은 채로 체포되었다. 그 지독한 고문을 받으면서도 동지들의 이름은 하나도 밝히지 않았다. 얼마나 아팠을까. 상진과 희제는 겉으로 보기보다 훨씬 더 긴밀히 연결되어 있었다. 상진을 투쟁의 길로 이끈 스승 허위는 희제의 사돈이었다. 대제학 박사이며 의병장 허위의 증손녀가 희제의

며느리였다. 조선국권회복단 단원은 대부분이 대동청년
당원이었고 그들은 의열단과도 깊이 연루되어 있었다. 또
한 풍기 광복단과 통합하여 대한광복회로 거듭났다. 거미
줄처럼 촘촘하게 얽혀있는 그들에게 비밀유지는 목숨보다
중했다. 미리 한 약속대로 동지들은 체포되면 모든 죄를
혼자 짊어졌다. 그래서 희제는 동지 한 명 한 명 다 소중했
다. 필수는 무사히 원산항에서 블라디보스토크로 갔다.

12. 중외일보

　동래 온천장에 '산해관'이라는 여관 겸 요정이 생겼다. 전차가 다니면서 일본인들은 온천을 즐기러 온천장을 자주 방문했다. 따라서 고급 요릿집이 여럿 생겼다. 그중에서도 산해관은 화려함이 으뜸이었다. 주인은 하동 향교의 정교직에 오른 유림이자 최대 갑부의 아들인 정재완이었다.

　희제는 창이와 함께 산해관을 찾았다. 하동의 최고 갑부가 온천장 최대 규모로 지은 산해관은 과연 별천지였다. 성공한 젊은 실업가 희제는 고급요정의 귀한 손님이었다. 돈 많다는 소문을 업은 희제가 산해관에 나타나자 일하는 사람들은 힐금힐금 쳐다보았다. 재완이 보고 있었다. 희제도 술을 마시는 척하며 재완을 살폈다. 재완이 상해 임시정부의 자금을 대기 위하여 고향땅 수백 마지기를 팔아 온천장에 산해관을 세웠다고 들었지만, 직접 확인해야만 했다.

　희제와 창이의 관계는 알 만한 사람들은 이미 알고 있었다. 희제가 원하는 것이 바로 그것이었다. 혹시라도 부상 당한 동지들이 있다면 희제를 찾아오기를 바랬다. 의사인 창이가 있으니 부상자도 안심하고 올 수 있었다. 게

다가 희제와 창이는 용건 없이 함께 있어도 이상하게 보지 않았다. 그런 창이가 희제와 함께 고급 요릿집을 다니자 개구리 올챙이 시절은 다 잊고 거들먹거린다는 욕을 듣고 있었다.

"의사 선생님. 주인장이 어찌 보이나?"

"아이고 또 이러십니다…."

하지만 창이의 눈과 귀는 정확했다. 창이는 어렸을 때부터 희제의 눈과 귀였다. 지체가 높은 집안일수록 그들이 부리는 사람들을 인간으로 취급하지 않았기에 정보를 얻기가 쉬웠다. 창이는 그들의 마음을 잘 알았고 그들로부터 들은 정보를 분석해 정확하게 판단을 했다.

"아주 깐깐한, 뼛속까지 양반 같습니다."

"유림단 의거라고 들어보았는가?"

독립선언서에 서명한 민족대표 33인 중 기독교 불교 대종교 대표는 있는데 정작 유림이 없어 애통해하던 유림에서 파리평화회의에 독립청원서를 보내려다가 발각된 사건이었다. 재완은 거사자금으로 수백 원을 냈다.

"아, 그랬군요."

"지금 일본의 철저한 감시로 독립자금이 제대로 전해지지 않고 있다. 대한민국임시정부와 독립군의 고생이 말이 아니라는구나. 어쩌면 산해관이 큰 힘이 될지 몰라."

때마침 재완이 들어왔다.

"이제야 만나는군요."

귀하게 자라 세상 물정 모르는 한량처럼 보였지만, 어디 하나 빈틈없는 꼿꼿함이 있었다. 역시 하동 양반이었다. 재완이 손을 내밀었다.

"제가 먼저 말하지요. 백산상회 하동연락소 운영을 맡겠습니다."

희제는 아무 말 없이 손을 내밀었다. 가슴이 뜨거워졌다. 아니나 다를까, 산해관에는 수많은 독립군이 숨어들었다. 그들은 달걀 장수, 두부배달꾼부터 한량 손님까지 다양한 모습으로 나타나 36호실을 찾았다. 고급 요정이라 희제가 자주 드나들어도 의심하지 않았다. 산해관의 화려한 모습 뒤로 독립 운동가들의 그림자가 짙게 드리워졌다. 그러다 보니 편강렬을 단장으로 하는 의성단은 산해관에서 발대식을 하기도 했다.

재완은 예술과 언론에 관심이 많았다. 특히 신문을 아꼈는데 동아일보가 운영난으로 어려워지자 흔쾌히 수천 원을 내놓고 발기인이 되었다. 희제 역시 동아일보 부산 지국장을 맡기도 했다. 희제는 교육사업만큼 언론사업도 중요하게 생각했기에 잡지 발행에 관여하기도 하고 나중에 중외일보 사장이 되어 신문을 발간하기도 했다. 중외일보는 나중에 중앙일보와 통합되었다.

그럴수록 일본 경찰의 의심은 깊어만 갔다. 36호실 손님은 일본 경찰의 표적이 되었다. 기미년 독립선언 이후 대동청년당원 중 상당수가 약산 김원봉이 주축이 된 의열단에 흡수되었다. 의열단은 무장투쟁을 전개했다. 물론 희제는 표면적으로는 연결점이 없었다. 하지만 의열단이 쓰는 폭탄의 주 반입경로가 이륭양행이었고 서울의 연락 거점 여관의 주인은 희제 친구 이수영이었다. 수영은 백산상회와 긴밀히 연결된 미곡상의 주인이기도 했다. 의열단은 수차례 폭탄암살을 시도했고 일본 경찰은 이 사건을 끈질기게 조사했다. 자연히 희제도 일본 경찰의 수사선상에 오르게 되었다. 일본 경찰은 조선인 끄나풀을 온갖 곳에 풀었다.

희제는 언론에 관심이 있는 만큼 인쇄소 경영에도 관심을 가졌다. 〈경남인쇄주식회사〉를 통해 상업뿐 아니라 공업자본에도 관여했다. 이 역시 일본 경찰의 표적이 되었다.

희제는 언론의 힘을 믿었다. 어느 날이었다. 일본인이 겨우 여섯 살짜리 아이의 몸에 독약을 바르고 발가벗겨 기둥에 묶어서 때렸다. 배고픈 아이가 오이 하나를 따 먹었다는 이유였다. 이 사건이 알려지자 분노한 부산시민이 6천 명이나 한자리에 모여 항의를 했다. 만세운동으로 커질까 당황한 일본은 닥치는 대로 모인 사람들을 때렸다. 경찰과 충돌로 33명이 구속되고 순사 3명도 중상을 입었다. 구속된 33인 중에는 기자도 있었다. 희제는 이들의 석방을 위해 교섭위원으로 활약했다.

일본은 부산항을 통해 식민지에서 수탈한 물자를 일본으로 가져갔다. 그런데 항만노동자들에게는 일본인들 품삯의 절반만 지불했다. 차별은 어디에나 있었다. 조선인이 일본에 가서 일본 학교를 다니면 졸업장에 조선이라고 따로 표시했다.

경제는 나날이 나빠지는데 차별까지 겹치자 노동자들은 조선에서 처음으로 총파업을 실시했다. 5천 명이나 가담한 총파업은 자칫 큰 희생을 치를 수 있는 사건이었다. 희제는 경남인쇄주식회사를 통해 노동자들의 요구를 담은 전단을 즉시 인쇄해서 돌렸고 지역 대표로 적극 협상에 임했다. 일본과 부두노동자의 중간에서 협상가를 자처한 것이다. 다행히 파업은 조선인 노동자들의 피를 흘리지 않고 끝났다.

이 일로 희제는 일본 경찰의 눈길을 더욱 끌게 되었다.

그러다 보니 희제가 발간하려던 잡지 〈자력〉 출판 허가가 떨어지지 않았다. 창간호와 2호는 모두 폐지되고 3호에 이르러서 겨우 출판이 되었다. 자력은 5호까지 겨우 발간되었다. 그나마 걸핏하면 기사 압수에다 사원 검거로 어려움이 많았던 자력은 흐지부지 폐간되었다. 그 후 희제는 중외일보 경영에 참여하면서 언론운동에 본격적으로 뛰어들었다. 하지만 일제는 그나마도 계급운동을 고취하고 중국의 배일운동을 지지하는 불온한 신문으로 낙인찍었다. 희제는 발행인 편집인 등으로 자리를 바꿔가며 신문을 지키고자 했지만 중외일보의 경영은 생각보다 더 어려웠다.

"오늘 밤 팔진옥에서 모입니다."

어느 날 황옥이 찾아와 속삭였다. 황옥은 조선총독부 경찰부 직속 경부였다. 어찌 보면 일본 경찰의 끄나풀일 수도 있었고 또 어찌 보면 의열단이 일본 경찰서에 심은 이중간첩일 수도 있었다. 희제의 오랜 동지 김원봉은 이런 황옥을 믿었다.

희제는 중외일보 기자인 우승규를 데리고 교동에 있는 과자집 팔진옥으로 갔다.

"겉으로 보기에는 그냥 구멍가게인데요?"

승규 말에 희제는 가게 뒤 가려진 비밀의 문을 열었다.

"헉, 저분들은 모두 의열단 간부들. 다들 감옥에 있는 줄 알았는데요."

"고문 후유증이 심해 병보석으로 잠시 나왔어. 비록 몸은 저렇게 망가졌어도 독립운동을 쉴 수는 없으니까. 자네도 이제 기자니 잘 알아두게."

희제는 황옥을 찾았다.

"집문서라네. 이걸로 높은 이자라도 좋으니, 현금을 융

통해주게나. 독립운동은 계속되어야만 한다네."

황옥은 고개를 저었다.

"이제 여기는 그만 놓으시지요. 다른 방법을 찾아야 합니다."

황옥의 말에 희제는 깊은숨을 쉬었다. 조선에서의 활동은 눈에 띄게 어려워지고 있었다.

13. 발해농장과 조선어학회, 그리고 대종교

희제가 아무리 애를 써도 백산상회의 끝은 다가오고 있었다. 독립운동 자금을 보내느라 경영이 힘들기도 했지만, 세계정세와 일본의 식민지 정책이 맞물려 조선인의 상회활동이 불가능에 가까워졌기 때문이었다.

"쯧쯧 조선인도 먹고는 살게 해줘야지. 돈이고 일감이고 모두 일본에서 넘어온 일본인에게 다 몰아주는군."

희제는 당장 만주, 상해, 연해주 등에 퍼져있는 동지들이 걱정이었다.

일본의 조선인 차별은 상회에도 그대로 적용되었고 알게 모르게 독버섯처럼 퍼진 친일파들의 행태도 사업을 방해했다. 결국 1927년 백산상회는 문을 닫았다. 희제 나이 43살이었다.

소문을 듣고 창이가 찾아왔다. 혹시라도 희제에게 위로가 필요할까 싶어서였다.

"의사 선생 왔는가? 올 줄 알고 기다리고 있었지."

희제는 태연했다.

"나리."

"어이 친구. 지금부터 바빠질 거라네. 눈물 흘릴 시간

따위는 없단 말일세, 의사 선생."

창이의 눈에서 눈물이 흘러내렸다.

"과연 나리십니다."

일본 경찰 보고서에는 희제에 대해 이렇게 쓰여 있었다.

〈백산상회, 영남은행 등을 설립하여 표면적으로는 건실한 실업가인 양 하지만 내실을 살펴보면 재외독립운동가와 긴밀히 연락하는 악질 주동력이다.〉

일본 경찰이 희제의 주변을 점점 조여오고 있었다.

1928년 비밀결사 〈기역당〉이 조직되었다. 일제의 만행이 극에 달한 지경에 신간회 같은 합법적 조직은 더 이상 효용이 없었다. 기역당은 조선 민족의 절대해방을 목표로 했다. 그러기 위해서는 무엇보다 자력이 중요했다.

이 무렵 희제는 문상직, 이강희와 자주 저녁을 먹었다.

"여보게들, 백성들과 우리에게는 땅이 필요하네. 강령과 만주의 미개간지를 개척하는 것은 어떤가?"

왜놈들의 탄압이 점점 심해지는 데다 경제적 수탈까지 더해져 꼭 독립운동이 아니더라도 농민들은 살기 위해 이주를 원했다.

"중국 관동 군관학교에 청년들을 보내 유학시키는 것은 어떨까요?"

　문상직은 희제가 운영하는 잡지사 기자이기도 했고 부산협동조합의 임원이기도 했다. 무엇보다 〈자력〉을 목표로 한다는 점에서 희제와 신념을 함께 했다.

　희제는 자력을 실천하기 위해 협동농장을 구상했다. 러시아 노동자의 실태를 조사했고 국제소비조합 운동을 부르짖었다. 그것은 모든 계급, 인종, 직업을 초월해 세계 전 인류를 포용하는 원대한 계획이었다. 희제는 조선독립 후까지 계획하고 있었다.

　마침내 희제는 만주에 협동농장을 세웠다. 물론 창이가 곁에 있었다.

　"의사 선생. 이 땅이 어떤 의미인지 아는가? 먼 옛날 발해의 기상이 용처럼 넘나들던 바로 그 땅일세."

　희제는 먼 옛날 발해 땅이었던 흑룡강 토지를 구입하고 발해농장이라 이름을 지었다. 자작농을 육성하기 위해 5년 이자로 땅을 분배하기로 했다. 먼저 찾아온 것은 소작농이 아니라 중국인 지주들이었다. 중국인 지주들은 부지런한 조선의 소작농을 착취하며 마구 부리고 있었다. 발해농장이 달가울 리 없는 중국인 지주부터 진정시켜야 했다. 희제는 여차하면 독립군 부대를 부를 각오를 했다.

　"백산 어르신, 저를 받아주시겠습니까?"

　어느 날 한 중년의 농부가 식술과 친척을 이끌고 희제를 찾아왔다.

"어서 오시게. 자네는 중국인 지주들의 협박이 무섭지 않은가?"

"백산 어르신은 무섭습니까? 저는 하나도 무섭지 않습니다."

"조선인답게 넘치는 기상이 훌륭하네. 허허."

백산은 어쩐지 기분이 좋아졌다. 창이도 싱긋 웃으며 둘을 보고 있었다. 중년의 농부가 보퉁이를 풀자 누더기가 나왔다.

"이게 뭔지 아시겠습니까?"

"예끼, 이 사람 이건 누더기 아닌가. 그런데 가만 보자, 이 바느질 솜씨는?"

희제는 눈시울이 붉어졌다. 오래전 어머니가 솜을 두툼하게 넣어 먼 길 떠나는 희제를 위해 만들어 준 옷이었다. 어린 시절 산속 서당에 가는 희제가 걱정되어 손을 잡고 함께 산을 오르던 고왔던 어머니 모습이 떠올랐다.

"예, 맞습니다. 가만있다가는 굶어 죽을 것 같아 무관학교로 갔습니다. 그때 어르신이 벗어주신 솜저고리입니다. 더 크면 오라고 하셨지요? 그래서 이렇게 왔습니다. 다 데리고 말입니다."

"아이고, 이 사람아."

희제가 내민 손을 농부가 꼭 잡았다.

마침내 소작농 3백여 가구가 발해농장으로 들어왔다.

희제는 진심으로 그들을 반겼다.

"여러분 이자는 돈이나 곡식으로 갚는 것이 아닙니다. 새로운 땅을 개간하거나 수로를 만들면 됩니다. 해서 그 땅에 또 다른 자작농을 들이는 겁니다. 그러면 우리는 자력의 땅에서 자력으로 살 수 있는 힘을 키우는 겁니다."

아이들을 제대로 교육하기 위해 학교도 열었다. 발해학교 간판을 걸면서 희제는 처음으로 눈물을 글썽였다.

"나리 눈에 빛나는 그것은 무엇입니까?"

희제를 놀리는 창이 눈에서도 이미 눈물이 줄줄 흐르고 있었다.

참으로 오랜 시간 꿈꾸었던 일이었다. 자력으로 자급하면서 어떠한 신분이나 계급의 차별을 받지 않는 세상. 자기 힘으로 자신을 지키는 세상.

희제는 여기서 그치지 않고 대종교 총본사를 발해농장이 있는 만주 동경성으로 옮겨왔다. 대종교는 단군을 믿는 종교지만 그동안 북로군정서 등 독립운동에 매진하고 있었다. 일제도 그것을 잘 알았다. 대종교를 조선 민중들에게 민족자결의식을 고양하며 조선독립을 최고로 하는 반국가단체로 규정했다.

일본은 대종교의 끈질긴 항일 투쟁 역사를 기억했다. 틈만 나면 희제와 대종교를 노리더니 마침내 꼬투리를 잡았다. 아니 만들어 냈다. 조선어학회 이극로와 대종교 교주 윤세복이 주고받은 편지에서 얼토당토않은 죄목을 만들어 낸 것이었다.

'일어나라, 움직이라'는 편지 구절을 '봉기하라. 폭동을 일으켜라'는 뜻이라며 누명을 씌운 것이었다.

소식을 들은 희제는 마지막을 예감했다.

동지였던 김동삼은 하얼빈에서 체포되어 감옥에서 죽었다. 누구보다 든든했던 형우는 이제 세상에 없다. 형우는 병든 몸으로 동지들에게 피해를 주지 않겠다며 고향으로 갔지만 악랄한 일제가 기다리고 있었다. 비록 몸은 병들었지만 마음은 병들지 않았다며 항거했지만 일제의 회유는 끝이 없었다. 결국 형우는 가족들을 다시 만주와 북경으로 보내고 죽음으로 자신의 의지를 지켰다.

희제는 결연한 얼굴로 친구들 한 명 한 명을 추억했다. 그리고 창이를 불렀다.

"의사 양반, 내가 쓴 모든 일기와 편지를 태워주게."

"나리."

창이는 희제가 마지막을 준비한다는 것을 느꼈다.

"힘을 내십시오. 돌아오실 겁니다. 나리가 누구신데요. 분명 돌아오십니다."

희제가 쓸쓸하게 웃었다.

"이보게 친구. 나와 평생을 함께하지 않았나. 남은 동지들에게 피해를 줄 수는 없다네. 그리되면 나는 갈 길을 못 가. 만몽일기를 태워주게."

"그것은 일기가 아니라, 역사입니다. 독립운동의 역사이기도 합니다. 안 됩니다. 못 한다구요. 조선은 독립군을, 우리들을 기억해야만 합니다."

희제가 고개를 가로저었다.

"그것이 일제 손에 들어가면 많은 동지들이 다쳐. 태우게. 나야 잊혀도 상관없지만 동지들이 해를 입는다면 나는 죽어도 눈을 감지 못해."

한참 뒤 창이는 말없이 고개를 숙였다. 한줄기 눈물이 뚝뚝 흘러내렸다.

고문으로 망가진 몸이 살아날 가망이 없다는 것을 눈치 챈 일제는 희제의 숨이 넘어가기 직전 병보석이라는 명목으로 풀어주었다.

형무소에서 나와 겨우 세 시간 만에 희제는 영원한 잠에 들었다. 희제의 영혼은 그제야 그가 꿈꾸던 독립된 나라, 자력의 조선으로 갈 수 있었다. 59살이었다.

희제는 큰아들 상록에게 남은 힘을 모아 마지막 당부를 전했다.

"집이든 나라든 오직 자력을 중심으로 해야 한다."

'자력'은 희제가 평생 꾸었던 꿈이었다.

작가의 말

　백 년 전 우리는 한마음 한뜻으로 대한독립만세를 외쳤고, 간절한 마음으로 태극기를 흔들었습니다. 하지만 독립을 쟁취하지 못했습니다. 그래서 독립 운동가들은 조국을 떠나 중국과 러시아, 저 멀리 미국까지 가서 일본 제국주의에 맞서 싸웠습니다. 사람들은 일제강점기 독립군이라 하면 총을 들고 용감하게 전투를 하거나 어둠 속에서 첩보전을 벌이는 특수요원을 떠올립니다.

　여기 백산 안희제 선생이 계십니다. 백산을 톺아보니 특이하게도 교육, 무역, 언론 등 모든 수단과 방법을 다해 일제에 항거했습니다. 일제가 무단통치, 문화통치, 민족말살정책 등 시대에 따라 정책을 달리했기 때문이지요. 그중에서도 백산상회를 설립해서 독립운동자금을 마련하고 일제의 상업법을 이용해 자금을 보낸 것은 정말이지 통쾌하기까지 합니다. 총칼을 들고 싸우는 독립군이 있으면 그들을 지원하는 기업가도 있어야만 하기 때문입니다. 물론 혼자서 하지는 않았습니다. 단단하고 믿음직한 동지들이 함께였어요.

일제의 공작으로 백산무역 주식회사가 문을 닫자, 백산은 언론운동에 나섰습니다. 그리고 만주 옛 발해 땅에 협동농장을 세웠습니다. 결실을 앞에 두고 체포된 백산은 모진 고문을 받습니다. 오직 나라를 위해 상회를 경영하고 학교를 세우고 언론 운동을 했던 백산은 조국의 독립을 보지 못하고 눈을 감았습니다.

역사란 무엇일까요? 유물은 또 무엇일까요?

얼마 전 재미있는 일이 있었습니다. 어떤 사람이 자기 집에 있는 보물의 가치를 알려달라며 인터넷에 훈장 사진을 올린 것입니다. 내력을 모르니 그저 좋고 비싼 것이라고 생각했겠지요. 그것은 바로 친일파에게 내려진 일본 국왕의 훈장이었습니다. 그렇습니다. 부끄러운 일입니다.

지나간 일이면 다 역사가 되고, 오래된 물건이면 다 유물일까요?

이런 일을 바로잡기 위해서라도 역사를 돌아보고 익혀야 합니다. 역사에서 발견하는 선조들의 정신이 바로 유산이자 보물입니다.

2019년 3월
양 경 화

깊이 보는 역사
안희제 이야기

안희제 연보

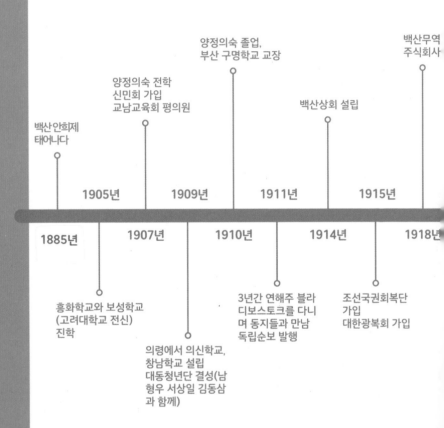

양정의숙 졸업,
부산 구명학교 교장

백산무역
주식회사

양정의숙 전학
신민회 가입
교남교육회 평의원

백산상회 설립

백산안희제
태어나다

1905년   **1909년**   **1911년**   **1915년**

1885년   **1907년**   **1910년**   **1914년**   **1918년**

홍화학교와 보성학교
(고려대학교 전신)
진학

3년간 연해주 블라
디보스토크를 다니
며 동지들과 만남
독립순보 발행

조선국권회복단
가입
대한광복회 가입

의령에서 의신학교,
창남학교 설립
대동청년단 결성(남
형우 서상일 김동삼
과 함께)

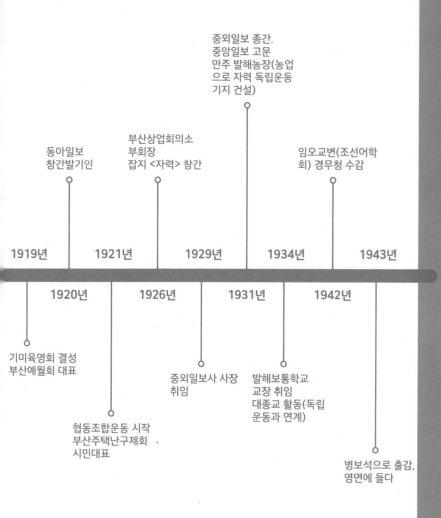

중외일보 종간.
중앙일보 고문
만주 발해농장(농업
으로 자력 독립운동
기지 건설)

동아일보
창간발기인

부산상업회의소
부회장
잡지 <자력> 창간

임오교변(조선어학
회) 경무청 수감

1919년　　　　1921년　　　　1929년　　　　1934년　　　　1943년

　　　1920년　　　　1926년　　　　1931년　　　　1942년

기미육영회 결성
부산예월회 대표

중외일보사 사장
취임

발해보통학교
교장 취임
대종교 활동(독립
운동과 연계)

협동조합운동 시작
부산주택난구제회
시민대표

병보석으로 출감,
영면에 들다

백산 안희제

ⓒ이동언

▲ 백산 안희제가 학문을 배운 재실
▶ 백산 안희제가 19세 때 남긴 한시기록문 <남유록>

ⓒ이동언

안희제가 설립한 구명학교 개교식.
안희제는 윤상은 등 유지들과 함께 동래구포에 사립구명학교
(현 구포초등학교 전신)를 설립하였다. 1909년에는 교장에 취임
하여 2년간 학교를 운영하였다. ⓒ이동언

백산 무역주식회사

보경전문학교 전경.
안희제는 국권을 회복하기 위해서는 신학문을 해야 한다고 판단하고
1905년 보성전문학교 경제과에 입학하였다.

창남학교 교사.
안희제는 1908년 고향인 의령군 부림면 입산리에 소학교인 창남
학교를 설립하고 청소년들에게 신학문을 교육하였다.

양정의숙 교사와 학생들.
안희제는 보성전문학교 분규사건(설립자 이용익이 러시아로 망명하자 재정
난으로 일어난 이용익 배척운동)에 관련되어 양정의숙 경제과로 전학하여
1910년 졸업하였다.

©사단법인 백산안희제선생기념사업회, 안경하(백산 안희제 손지)

보래관.
부산 최초의 연속활극 상영관

©부산박물관

모친상을 치른 후 생가에 모인 안희제 가족들. 앞줄 왼쪽 두 번째가 안희제다. ©이동언

목단강 액화감옥 정문. 안희제를 비롯한 10명이 일제의 혹독한 고문과 악형으로 순국하였다. ©이동언

1915년 부산 동구 범일동 부산진역 ©부경근대사료 연구소

1915년 부산항 전경 ©부경근대사료 연구소

1915년 부산 중구 광복로 시가 중심지

ⓒ부경근대사료 연구소

1915년 부산 중구 국제시장 일대

ⓒ부경근대사료 연구소

| 참고한 책과 자료

- 『백산 안희제의 생애와 민족운동』 백산 안희제선생 순국70주년 추모 위원회 편, 도서출판 선인, 2013
- 『한국독립운동의 이념과 방략』 조동걸 저, 독립기념관 한국독립운동사연구소, 2007
- 『겨울민들레』 김홍주 저, 배달, 1993
- 『백산의 동지들』 부산일보특별취재팀 저, 부산일보사기획출판국, 1998
- 〈나라사랑〉 제 19집(백산 안희제 선생 특집호), 외솔회, 1975
- 『독립운동 자금의 젖줄 안희제』 이동언 저, 역사공간, 2010
- 『근대 한국의 자본가들 : 민영휘에서 안희제까지, 부산에서 평양까지』 오미일 저, 푸른역사, 2015
- 『내가 몰랐던 독립운동가 12인』 이동언 저, 선인, 2013
- 『백산 안희제 선생과 섬강춘작』 고려대학교 부산 교우회, 2009

| 사진자료 제공

- 부경근대사료연구소
- 이동언
- 사단법인 백산안희제선생기념사업회
- 안경하(백산 안희제 손자)
- 부산박물관

백산상회

안 희 제 © 2019, 양경화

기 획	(사)부산민주항쟁기념사업회
지은이	양경화
초판 1쇄 발행	2019년 06월 10일
펴낸곳	호밀밭
펴낸이	장현정
편 집	박정오
디자인	최효선
마케팅	최문섭
등 록	2008년 11월 12일 (제338-2008-6호)
주 소	부산 수영구 광안해변로 294번길 24 B1F 생각하는 바다
전 화	070-7701-4675
팩 스	0505-510-4675

Published in Korea by Homilbat Publishing Co, Busan.
Registration No. 338-2008-6.
First press export edition June, 2019.

ISBN 979-11-967055-1-0 (43810)